지금은 나를 위해서만

지금은 나를 위해서만

Ordinary School

단단한 나로 살아가는 소중한 일상 챙기

오디너리스쿨 글·사진

odos

특별하지 않다고
소중하지 않은 건
아니니까

저의 20대 중후반에 있어서 '불안함'은 떼려야 뗄 수 없는 단어였어요. 대학 졸업과 동시에 임용고시를 준비했지만 매해 탈락의 고배를 마셨고, 정신을 차려 보니 서른을 코앞에 둔 이십 대 끝자락이 되어 있더라고요. 그동안 시험 준비한다는 핑계로 그 흔한 토익 점수 하나, 그럴듯한 스펙 한 줄 없이 무방비한 상태로 서른을 맞이하게 된 자신을 돌아보니 삶이 그저 막막하게 느껴졌어요.

내가 뭘 할 수 있을까?

평생 이렇게 살아야 하나?

불쑥불쑥 치고 올라오는 불안감을 이겨내기 위해 할 수 있는 일은 사실 많지도 않고, 마땅한 것도 없었어요. 기간제 교사 일을 시작하긴 했지만, 점점 커지는 불안함을 달래기엔 뭔가 부족했어요. 불안한 마음에 '뭐라도 해야겠다'고 생각했고, 책을 읽기 시작했어요. 어렵지 않지만 지금 당장 할 수 있는 일은 독서뿐이었거든요.

여러 책을 읽으며 '나'에 대해 생각해 보는 시간을 많이 가졌어요. 그동안 공부한다고 마냥 버려두었던 마음을 보살피기 시작했죠. 내면을 들여다보고 '나'에게 관심을 두면서 내 삶을 살아가는 건 결국 '나'라는 생각을 했어요. 다른 사람들의 생각과 시선이 아니라, 내 기준과 생각으로, 내가 뭘 좋아하는지, 어떤 삶을 살고 싶은지 '나'에 대한 고민과 생각을 계속 이어 나갔어요. 나라는 사람을 계속 들여다보니, 아무렇지 않게 흘려보냈던 사소한 일상에 관심을 기울이게 되었고, 내가 살아가는 오늘 이 하루를 정성 가득하게 살고 싶다는 생각이 들더라고요. 내 삶의 방관자가 아니라 적극적인 주인으로, 하루하루를 챙기고 보살피고 싶다는 마음으로요.

유튜브를 시작하게 된 것도 이런 사소한 일상을 소중하게 기록하고 싶어서였어요. 일상을 기록하고 싶다는 욕심과 '뭐라도 해야지' 하는 마음이 합쳐져 브이로그를 시작하게 되었고, 그때의 생각과 고민을 나누고 싶어 매주 영상 끝에 에필로그를 넣었어요. 여전히 소소하고 대단한 것 없는 일상이지만, 어떤 기록이든 의미가 있다는 마음으로 매주 한 편씩 꾸준히 기록한 지 이제 2년이 넘어가네요.

불안정한 상황에 있지만, 제가 있는 자리에서 행복을 찾아가는 일상을 담으면서, 또 책을 읽고 유튜브를 하면서, 우리가 살아가는 세계는 넓고 답이 하나로 정해진 것만은 아니라는 생각을 하게 됐어요. 살아가는 동안 우리는 수많은 도전을 하고, 기회를 얻고, 실패도 하고 성공도 하면서 나에게 맞는 답을 찾아가니까요. 그리고 그 과정에서 계속 성장하기도 하죠.

저는 우리의 삶이 더욱더 풍성해졌으면 좋겠어요. 많은 것을 가져서 풍성한 것이 아니라, 삶의 여러 가지 좋은 것과 싫은 것, 성공하고 실패한 경험, 그런 여러 가지 층이 차곡차곡 쌓여 삶의 밀도가 단단해지고 다양한 생각과 폭넓은 시각으로 풍성해지는 삶이길 바라요. 그렇게 삶이 풍부해지면, 다양하게 쌓인 여러 층을 기반으로 타인의 시선과 평가에 흔들리지 않는 단단한 '내'가 될 수 있을 거예요. 비로소 나다운 나가 되는 거죠.

저는 아주 평범하고 별 볼 일 없는 사람이에요. 시험에 연이어 떨어졌고, 공부하느라 사회생활을 늦게 시작했고, 모아놓은 돈도 많이 없는, 그냥 주변에서 쉽게 볼 수 있는 평범한 사람이요. 다른 사람들과 비교했을 때 특별한 건 없지만, 그래도 제가 살아가는 이 삶이 행복하길 바라고, 즐거운 일이 가득하길 바라요. 내 삶에서 나만큼 나를 사랑하는 사람은 없을 테니까요. 그래서 저는 제가 숨 쉬고 살아가는 이 평범한 일상에서 '나를 위한 최선'을 다하고 싶어요. 특별하지 않다고 소중하지 않은 건 아니니까, 평범하지만 소중한 제 일상을 위해서요.

여전히 불쑥불쑥 찾아오는 불안함과 열등감, 무기력함에 시달리며 우울함으로 하루를 마감하는 날도 있지만, 미래에 대해 불안하고 걱정하는 마음보다는 '지금, 여기'에 집중하며 적극적인 태도로 살고 싶다는 마음을 담아 글을 썼어요. 많이 부족하지만 제가 이 자리에 있기까지 진심을 담아 응원해 주신 모든 분께 다시 한번 마음을 담아 감사 인사를 전합니다.

우리의 평범하지만 소중한 일상에서,
나를 위한 최선을 다할 수 있도록.
우리의 하루하루를 응원할게요.

오디너리스쿨

contents

004 prologue
특별하지 않다고 소중하지 않은 건 아니니까

vlog 1.

서른이
인생의 기준일
필요는 없지

산책,
블로그 기록,
따뜻한 차 한잔

015 서른 살 계약직, 내 인생의 타이밍

020 계속되는 불안함에 힘들 때

028 애매한 재능 덕분에

나를 위한 일상 루틴 1
애매한 재능을 끌어올리는 '기록'

038 우울할 때도 있는 거지 뭐

나를 위한 일상 루틴 2
우울할 때 나를 다독이는 방법

047 누군가를 부러워하는 마음에게

vlog 2.

흔들리지 않고
단단한 나로
살고 싶을 때

혼자 여행,
아침 일기,
책 한 장

055 아무것도 되지 않아도 괜찮아

나를 위한 일상 루틴 3
아무것도 안 해도 되는 여행 떠나기

064 하고 싶은 일이 많습니다

069 우리가 가진 가난

076 '오늘도 아무것도 안 했네'라는 생각이 들 때

나를 위한 일상 루틴 4
'이것만큼은' 리스트 만들기

083 절약과 소비 그 어딘가

vlog 3.

애쓰다 지친
나를
위로하는 방법

혼밥,
나를 위한 꽃 한 송이,
사진 찍기

093 아주 작은 사치

나를 위한 일상 루틴 5
나를 소중하게 대하는 법

101 좋아하는 것들로 채우는 하루

나를 위한 일상 루틴 6
사랑하는 순간의 기록

110 5시 30분에 일어난다는 것

115 가방에 넣은 책 한 권의 힘

vlog 4.

관계 속에서

위로와 응원 폴더,
넷플릭스보다 사람

125 모든 사람에게 사랑받지 않아도 돼

나를 위한 일상 루틴 7
위로 앨범 만들기

134 우리는 누구에게서나 배운다

139 한때 친했던 사이일 뿐

145 오해와 비난에 대처하는 법

151 함께해서 더 좋은

vlog 5.

나는
행복하기로
했다

조용한 카페,
자전거,
뒷산 노을,
독립서점

161 내 행복엔 큰돈이 필요하지 않아

나를 위한 일상 루틴 8
나의 행복 리스트 찾기

168 힘든 상황을 즐길 수 있다면

나를 위한 일상 루틴 9
그래, 여긴 제주도야

178 다 나누고 왔습니다

나를 위한 일상 루틴 10
나누는 삶

189 내가 행복했으면 좋겠어

197 epilogue
나를 주저앉게 한 것들이 나의 날개가 되어주기를

vlog 1.

서른이 인생의 기준일 필요는 없지

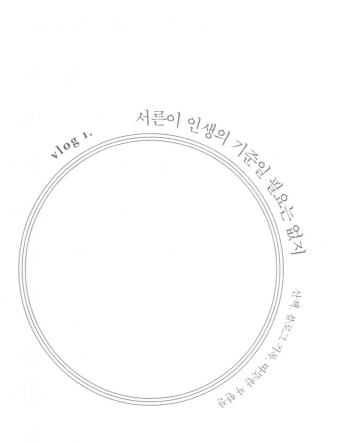

산책, 그르노블 광장에서의 요가, 그리고

서른 살 계약직,
내 인생의 타이밍

스물다섯, 처음 임용고시 1차 시험을 본 후 온라인으로 스터디원을 구해 2차 대비 스터디 모임을 할 때였어요. 스터디를 함께하는 선생님 중에 서른을 앞둔 분이 계셨는데, 모임을 끝내고 같이 버스정류장으로 가면서 이런저런 얘기를 나눌 기회가 있었어요.

당시 연말이었고 아직 '서른'이라는 단어를 체감하지 못했던 저는 "쌤, 서른을 앞두면 보통 기분이 어때요?" 하고 물어보았죠. "음, 글쎄요. 서른이라는 건 크게 별 느낌 없는데, 서른이 되어도 계속 계약직이라는 게 좀 씁쓸한 거 같긴 해요."

고개를 끄덕이며 선생님의 이야기를 듣긴 했지만, 내가 서른이 되려면 아직 멀었다는 생각과 사회생활을 시작하지도 않았을 때라 막연히 '아, 계약직으로 서른 살이 된다는 것은 힘든 일이구나.' 정도로 생각하고 말았어요. 엊그제 일어난 일 같은데 벌써 시간은 훌쩍 흘러, 오지 않을 것 같았던 2020년이 되었고, 저 또한 서른 살이 되었어요.

'서른'이라는 단어는 마냥 다른 세상의 이야기처럼 들렸는데 거기에 '계약직'이라는 단어도 더해 '계약직 서른 살'이라는 타이틀로 새해를 맞이하게 됐어요.

'서른'에 대한 질문을 하던 스물다섯일 때만 해도 그토록 오랫동안 시험 준비를 하게 될지도 몰랐고, 철없는 생각으로 딱 서른이 되면 성숙하고 멋진 어른이 되어 있을 줄 알았는데, 현실의 저는 기간제 교사 자리를 구하기 위해 여기저기 원서를 넣고 자소서를 쓰는 초라한 계약직 신분일 뿐이었어요.

아마 많은 사람이 예전부터 꿈꾸던 나의 모습과 현재의 모습이 일치하지 않아, 그 사이에서 많이 혼란스럽고 괴리감을 느낄 거라고 생각해요. 저 역시 서른 살엔 멋진 커리어우먼이 될 줄 알았는데, 그렇지 않은 모습에 좌절했으니까요. 서른에 가까워지면 무언가 되어 있을 줄 알았는데 그러지 못했고, 주변 또래 친구들이 하나둘 자리 잡아 가는 걸 보며 초조함과 불안감이 밀려왔어요.

'나도 빨리 자리 잡아야 하는데. 안정적으로 살고 싶은데.'

연이은 불합격에 잠시 멈추어 숨을 돌리고 책을 읽다 보니, 이 세상에 내가 정답이라고 믿었던 삶의 방향으로 가는 사람만 있는 것이 아니라는 것을 알게 되었어요.

좋은 회사에 다니다가 퇴사하고 자기 사업을 하는 사람,
뒤늦게 전공을 바꿔서 다시 공부하는 사람,

안정적인 직장에서 벗어나 외국에서 새로운 도전을 하는 사람 등등

내가 반드시, 빨리 이루어야 한다고 생각했던 것들이 막상 다른 사람들에게는 크게 중요한 문제가 아닐 수 있다는 것이 충격이었어요. 모든 사람이 똑같은 생각을 하고 똑같은 삶을 사는 것은 아니구나 싶었죠.

인생의 타이밍이라는 건 각자 다르고 결코 모두 똑같을 수 없다고 생각해요. 100퍼센트 똑같은 사람이 없는 것처럼, 100퍼센트 똑같은 환경과 상황은 없을 텐데, 사람들이 정해 놓은 기준에 맞춰 살아가게 된다면 서른뿐만 아니라 마흔, 예순이 되어도, 불안함과 초조함에 계속해서 마음 졸이며 살 거예요. 계속해서 흔들리고, 나를 원망하고, 소중한 하루를 잃어버리게 되겠죠.

스무 살 때는 생각도 못 한, 많이 부족한 서른 살의 모습이지만 '서른'이라는 것이 인생의 기준이 될 필요는 없어요. 나에게 맞

는 인생 타이밍에 맞춰 한 발자국 한 발자국 천천히 나아가면 되는 것이죠.

지금 나에게 중요한 것은
'계약직 서른 살'이라고 속상해하며
상황을 한탄하는 것이 아니라,
내 삶에 맞춰 내가 할 수 있는 일들에
집중하는 것이라고 생각해요.

조금 다른 시각으로 바라보면, 계약직이지만 조금 정형화된 프리랜서라고 생각할 수도 있고, 매해 새로운 업체와 계약해서 일하는 1인 기업의 대표라고 생각할 수도 있는걸요. 생각하지 못했던 길을 가다가 새로운 기회와 즐거움을 발견하는 것처럼 우리 인생이 더 다양해지고 풍부해지길 바라요.

Ordinary School ————

계속되는 불안함에
힘들 때

새로운 달이 시작되고 달력을 넘길 때마다 여러 가지 복잡한 마음이 들어요. 그리고 대부분 '아니, 벌써 한 달이 지났다고? 나 저번 달에 뭐 했지?'라는 생각을 해요. 한 달이 가고, 두 달이 가고, 그렇게 반년이 지나고 어영부영하다 1년이 지나는 것 같아 문득 불안한 마음이 엄습해 왔어요.

또 아무것도 안 한 채로 1년을 보내는 거 아닐까.

찝찝하고 불안한 기분으로 새로운 달의 첫 번째 날을 시작하면서 다이어리를 폈어요. 그러고는 저번 달 일정을 살펴보았는데, 생각보다 꽤 많은 일을 했더라고요. 계획한 것을 다 하진 못했지만 매주 유튜브에 영상을 올렸고, 책을 읽었고, 아침 기상을 실천한 한 달이었는데, 막연하게 불안해하는 자신을 보면서 '불안함'이라는 단어에 중독되어 있다는 생각이 들었어요. 매 순간 '불안하다'는 감정에 빠져 살고 있었던 것이죠.

하루하루 열심히 살아도, 목표한 것들을 이뤄도, '불안감'이라는 단어에 빠져 있으면 더 나이가 들어 내가 지금보다 훨씬 '안정적인 삶'을 살아도 불안한 감정에서 벗어날 수 없을 것 같다는 생각이 들었어요. 남들처럼 좋은 직장에 다니고, 결혼하고, 집을 사더라도 불안함은 끊임없이 찾아와 괴롭힐 테니까요.

불안함에 대해 고민하는 제 눈에 《시작의 기술》(개리 비숍 지음, 웅진지식하우스, 2019) 내용 중 '불확실성'에 관한 이야기가 들어왔어요. 저자는 '우리가 아무리 확실성을 좇아도 결코 확실성을 붙잡을 수 없다'고 말해요. 우리가 살아가는 삶은 이미 쓰인 각본처럼 정해진 대로 흘러가는 예측 가능한 것이 아니니까요.

'왜 나는 계속 불안할까?'
'왜 이렇게 걱정이 많을까?'

생각해 보면 미래를 예측할 수 없고 그래서 내 삶이 어떻게 흘러갈지 모르기 때문인 것 같아요. 내 삶이 예상치 못한 방향으로 흘러갈까 봐 불안한 마음을 안고 나름의 방식으로 열심히 살아가지만, 미래를 알 수 없기에 불안함은 사라지지 않고 내 삶에 맴돌아요. 무작정 열심히 산다고 해서 만성적인 불안함이 사라지는 것은 아니니까요.

사실 저자의 말처럼
우리의 삶은 당연히 불확실할 수밖에 없어요.
인생이 확실하고, 모든 것이 예상한대로 흘러간다면
그것은 '삶'이 아니라 그냥 짜인 각본일 테니까요.

불안함을 극복하는 데 정답은 없어요. 인생이 각본이 아닌 이

상 우리의 삶은 계속 불확실함과 불안함의 연속일 테고, 내 앞에 닥친 어떤 과제를 끝내더라도 뒤이어 또 다른 과제가 내 삶을 흔들겠죠. 끝없는 불확실함과 불안함의 소용돌이에서 벗어나기 위한 정답은 없지만, 조금 덜 흔들리기 위해 우리가 갖춰야 할 건 '불안함을 즐기는 마음'이라고 생각해요.

책에서도 '불확실성을 인정하며 기회로 받아들이냐 마느냐는 우리에게 달렸다'고 하는 것처럼, 우리가 어떤 마음을 먹느냐에 따라 평생 불안한 마음을 가지고 살지, 아니면 인생을 즐거운 모험의 과정으로 즐기며 살지 정해지는 것 같아요.

불확실성을 인정하고 기회로 받아들이면 우리 인생은 얼마나 달라질까요? 찾아오는 기회를 잡기 위해 공부하고, 나를 계속 발전시키면서 인생을 적극적으로 살아갈 수 있겠죠. 안정성에 그저 안주하지 않고요.

저도 불확실한 제 미래와 불안한 상황 앞에 참 많이 고민해요. 언제까지 일할 수 있을까, 건강이 안 좋아지면 어떡하지, 큰 사고라도 생기면?

그렇지만 미래가 불확실하니까 자신을 북돋우며 하는 일들도 있어요. 아침에 일찍 일어나 건강을 위해 운동하고, 계속 성장하기 위해 꾸준히 책을 읽고, 수입이 줄더라도 행복을 유지할 수 있도록 지나친 소비를 하지 않으려고 노력해요. 제 상황이 마냥 안정적이고 확실했더라면 제자리에 안주하고 머물렀을 수도 있겠죠.

불확실함과 불안함은 우리를 잡아먹는 커다란 괴물이 될 수도 있지만, 우리를 앞으로 나아가게 하는 아주 강한 원동력이 될 수도 있어요. 불확실하기 때문에, 불안하기 때문에 우리는 더 노력하고 한 발 한 발 앞으로 나가거든요. 불안함이라는 감정에 내 삶의 주도권을 넘겨 버리지 않고, '불안하니까 뭐라도 해 보자'는 마음으로 불안함을 즐기면 좋겠어요. 우리는 모두 원하는 삶을 살 권리가 충분한 사람들이니까요.

불안함을 원동력 삼아 일어날 수 있도록
불안함을 받아들이고 성장하는 내가 될 수 있도록
불안함을 통해 삶의 도전을
적극적으로 받아들일 수 있도록.
모험하듯이 우리의 삶을 살아가요.

Ordinary School ———————

애매한 재능
덕분에

이런 말을 하기 굉장히 부끄럽지만, 어릴 적의 저는 그래도 '공부 꽤 하는' 아이였어요. 지금 생각해 보면 어디 가서 명함도 못 내미는 터무니없는 실력이었지만, 살던 동네에서는 종종 1등도 하고, 선생님들도 '잘한다'고 칭찬해 주셔서 스스로 '공부 잘하는 애'인 줄 알았어요. 다들 잘한다고 해 줬으니까요. 고등학교에 입학하고, 입시 경쟁에서 점점 밀리면서 '공부 잘하는 아이'라는 타이틀은 오간 데 없이 사라졌지만, 나쁘지 않은 대학에 입학해 복수 전공도 하고 종종 장학금도 받으면서

그래도 여전히 '잘한다'고 생각했어요. 특출 나게 잘하는 것은 결코 아니었지만, 그래도 적당히–나쁘지 않을 만큼 한다고 생각했거든요.

그래서 처음 임용고시를 준비할 때, 3수, 4수 하는 선배들의 이야기가 크게 와 닿지 않았어요. '나는 잘할 거야' 하는 생각이 가득해 기고만장해 있었죠. 현재의 내 위치를 들여다볼 생각보다는 내가 합격할 미래만 꿈꾸며 '나는 남들과 달라'라고 생각했어요. 그렇게 패기 넘치게 고시 생활을 시작했지만, 첫 번째 불합격, 두 번째 불합격, 세 번째 불합격을 경험하면서 저에게 남은 건 비참한 패배감뿐이었어요.

돌이켜보았을 때 자신을 가장 힘들게 했던 건 과거의 나와 현재의 나 사이의 괴리감이었던 것 같아요. 기억 속에 있는 학창 시절의 나는 잘했고, 앞으로도 잘할 거라고 확신했는데, 대학을 졸업하고 나이가 들어도 무엇 하나 이룬 것 없이 공부하느라 시간을 허비한 고시생이라는 사실이 견디기 힘들었어요.

엄청나게 잘하는 것도 아니고.

그렇다고 못 하는 것도 아니고.

적당히 잘한다고 하는 그 애매한 재능이 계속 절 괴롭게 했어요.

두 번째 불합격을 겪고 다른 길로 갈까 고민도 했지만, 그렇다고 내가 정말 못하는 건 아닌 것 같다는 생각에 포기하기 아쉬웠어요. '나는 좋은 선생님이 될 수 있을 거 같은데' 하는 마음이 컸죠. 노량진에 가서 공부에만 집중할까 하는 생각도 했지만, 타지에 가서 공부하는 것을 부모님께서 오롯이 지원해 주시기엔 형편이 넉넉지 않았고, 시간과 돈을 다 쏟고도 불합격하면 그 고통을 감당할 자신 또한 없었어요. 내 능력의 끝, 내 최선의 끝을 보고 싶지 않았던 거죠. 그 결과가 날 더 비참하게 할까 봐요.

내가 아주 대단한 사람은 아니더라도 그래도 꽤 열심히, 잘 살아온 사람이라고 생각했는데, 겨우 그 정도의 기대도 만족시키지 못하는 상황이 너무 부끄러웠어요. 현실의 초라한 나를 인정하는 것이 견딜 수 없을 만큼 힘들었죠. 내가 남들과 다르다고, 특별하다고 생각했던 것이 오히려 '나' 자신에 대한 기대치를 증폭시켰고, 결국 그 기대를 충족시키지 못하자 스스로가 한없이 비참하게 느껴졌어요.

지금은 자신을 그다지 특별한 사람이라고 생각하지 않아요. 그냥 평범한 사람 중의 하나라고 생각해요. 세상에 수많은 사람이, 나보다 훨씬 대단한 재능을 지녔음에도 엄청나게 노력하고 있다는 것을 계속 느끼고 있거든요. 그렇다고 제 인생이 하찮다고 평가 절하하는 것은 아니에요.

특별하지 않더라도 세상에서
'나'라는 존재는
매우 소중하니까요.

애매한 실력으로 연이은 불합격에 괴로워하다가 갈팡질팡하는 마음으로 기간제 교사를 시작했어요. 그러다 뭐라도 해야하지 않을까 싶어서 유튜브를 시작하게 됐고, 이렇게 책까지 쓰게 된 것을 보면 인생은 참 상상할 수 없는 방향으로 흘러가

는 것 같아요. 애매한 재능 덕분에 말이죠.

우리는 우리 삶을 충분히 가치 있게 여길 권리와 의무가 있어요. 비록 특별하지 않더라도, 엄청난 사람이 아니더라도, 애매한 재능을 갖고 있더라도 오늘 하루를 잘 살아가고 최선을 다하는 것만으로도 우리의 역할을 충실히 행하는 거니까요. 저 또한 영상 실력이 엄청나게 뛰어나지도, 글솜씨가 엄청나게 출중한 것도 아니지만, 영상을 만들고 글을 쓰고 있는걸요. 어설프더라도 노력하는 것들이 하나씩 하나씩 쌓이다 보면 나를 형성하는 귀한 포트폴리오가 되리라 믿어요. 애매한 재능을 가진 우리 존재를 응원해요.

Ordinary School ——————

애매한 재능을 끌어올리는 '기록'

수많은 미디어와 매체가 하루가 다르게 성장하는 이 자본주의 사회에
서, 우리는 단순히 재화와 서비스를 소비하는 소비자로서만 살 것이
아니라 생산자로 사는 방법 또한 터득해야 한다고 생각해요. 그리고
생산자가 되기 위해 가장 쉽고 간편한 방법은 무엇이든 '기록'하는 거
예요. 내 일상을 기록할 수도 있고, 읽은 책을 기록할 수도 있으며, 다
녀왔던 맛집이나 카페를 기록할 수도 있어요. 그리고 그 기록이 차곡
차곡 쌓이면 생각하지 못했던 새로운 기회들이 찾아올 수도 있겠죠.

제 경우, 유튜브보다 더 일찍 시작한 것은 블로그였어요.
새로 생긴 카페를 찾아다니고 예쁘게 사진 찍는 것을 좋아했던 저

에게, 동생이 "누나, 사진 찍은 거 너무 아깝지 않아? 블로그라도 해 봐."라고 말한 것이 계기였죠.

그렇게 카페 탐방 다니던 것을 블로그에 기록하기 시작했고, 차츰 유입자 수가 늘고, 블로그 이웃도 생겼어요. 사진 찍은 게 아까워서 시작한 블로그였지만, 카페 기록뿐만 아니라 일상 포스팅을 올리기 도 하고, 한 주 식사를 모은 주간 밥상 포스팅을 올리기도 하면서 이 것저것 많은 것을 기록하게 되었어요. 그러다 조금 더 생생하게 일 상을 기록하고 싶어 브이로그까지 시작하게 되었죠. 기록하는 것을 좋아했던 것이 결국 유튜브까지 이어진 거예요.

기록 매체는 무엇이든 상관없어요. 블로그, 인스타그램, 유튜브 등. 피드 하나로, 포스팅 하나로 갑자기 소비자에서 생산자가 될 순 없겠지만 내가 좋아하는 것들을 꾸준히 기록하다 보면, '나'라는 사람을 나타내는 훌륭한 포트폴리오가 되고, 나와 비슷한 취향을 가진 사람들이 모일 수도 있어요. 우리가 살아가는 이 시대는 각자의 이야기, 각자의 콘텐츠가 중요한 시대니까요. 당장 가시적인 변화가 보이지 않더라도, 차곡차곡 쌓인 기록은 나를 되돌아보고 앞으로 나아가게 하는 데도 중요한 도구가 되리라 믿어요.

[공주/우성면] 고요카페
2021.2.3 ⑩19

[전주/객리단길] 프락틱
2020.1.3 ⑩3

[서울/서교동] 키노키친
2019.12.17 ⑩12

[대전/가수원] 스위밍(swimming)
2019.12.17 ⑩15

[세종/고운동] 카페고욤(Cafe KOYOM)
2019.12.16 ⑩16

[대전/소제동] 치앙마이방콕
2019.12.11 ⑩13

[대전/은행동] 오시우커피(ocio coffee)
2019.12.10 ⑩11

[대전/원신흥동] 파르팔레
2019.12.2 ⑩5

이방인 · 알베르 카뮈
2021.11 ⑩2

소크라테스 익스프레스 · 에릭 와이너
2021.8.13 ⑩6

정도언 · 프로이트의 의자
2021.7.25 ⑩4

무례한 시대를 품위 있게 건너는 법 · 악셀 하케
2021.7.19 ⑩6

모래알만 한 진실이라도 · 박완서
2021.7.17 ⑩6

매일 인문학 공부 · 김종원
2021.6.24 ⑩2

나는 소망한다 내게 금지된 것을 · 양귀자
2021.6.9 ⑩5

내가 사랑한 화가들 · 정우철
2021.5.25 ⑩4

서른이
인생의 기준일
필요는 없지

우울할 때도
있는 거지 뭐

종종 행복하지 않다고 생각해요. 갑작스레 지독한 우울감이 찾아와 내 일상을 무너뜨리죠. 최대한 좋은 얘기, 긍정적인 생각 등을 공유하려고 노력하지만, 선천적으로 마냥 낙천적이고 긍정적인 사람은 아니어서 이따금 밀려오는 우울감에 정신없이 밑으로 가라앉아 버리곤 해요.

지독한 우울감을 느끼면서 '이렇게 사는 게 무슨 소용일까', '언제쯤 걱정 없이 행복하다는 말을 자연스레 내뱉을 수 있을까' 등등 온갖 염세적인 생각을 했어요.

내 마음이 건강할 땐 무슨 일이 생기더라도 '그래, 괜찮아. 조금 더 힘내자.' 하고 긍정적인 생각을 하지만, 마음이 무너져 있을 때면 어떤 상황도, 어떤 말도 위로가 되지 않아요. 자신을 갉아먹는 게 당연한 것처럼 나를 깎아내리고 저 깊은 절망의 심연으로 떨어지는 데 익숙하죠. 이 세상 모든 사람이 행복해 보이는데 나 혼자 불행한 것 같고, 아무도 내 마음을 몰라주는 것 같은 우울함과 외로움. 더불어 밀려오는 무기력함.

아마 이런 감정을 태어나서 한 번도 느껴 보지 않은 사람은 없을 거예요. 지독한 우울함을 안고, 펑펑 울다가 잠들어 눈이 부은 채 아침을 맞은 경험이요. 그러니 이런 우울함을 결코 나 혼자만 겪는 불행이 아니라, 누구나 겪는 흔한 감기 같은 것으로 생각하면 좋겠어요.

개운하게 눈을 뜨는 아침이 있는가 하면 한편 몽롱하고 몸이 으슬으슬한 채 깨는 아침도 있어요. 몸 상태가 항상 개운하고

좋은 것은 아닌 것같이, 마음도 항상 건강하고 행복하기만 하지는 않지요. 가끔 찾아오는 몸살감기처럼, 우울함도 그런 시점으로 들여다보면 좋겠어요. 몸살에 걸렸다고 '왜 이렇게 건강관리를 못 했어' 하며 자책하는 대신 '아, 오늘은 집에서 좀 푹 쉬어야겠다'라고 생각할 수 있도록요.

그렇지만 우리는 '우울한 나'에게 결코 관대하지 않아요. 어둠의 심연을 허우적거리는 자신을 위로하고 달래기보다는 '나는 왜 또 이렇게 우울할까' 하며 자책해요. 함께 찾아오는 무기력함에 아무것도 안 하고 있으면 그런 나를 미워하며 더 깊은 우울함에 빠지기도 하죠. 남들은 무난하게 잘 사는 것 같은데, 지나치게 예민하고 감정적인 자신이 마냥 싫기도 해요. 왜 이렇게 유별나게 구는지 도통 이해할 수가 없어요.

병원에서는 우울증이 마음의 감기라고 하잖아요. 우울할 때는 어떤 말도 위로가 되지 않겠지만, 하나만 기억했으면 좋겠어요.

이 우울함이라는 것은

모두가 한 번씩은 겪는 보편적인 감정이라는 것,

끝이 있는 감정이라는 것을요.

영원히 그 속에서 허우적거리다가 결국 빠져 죽을 것 같다고 느낄 때도 있지만, 저도 그렇고 다른 사람 모두 그 감정으로 힘들어하고 아파한 적이 있다는 것이 조금이나마 위로가 될 수 있다고 믿어요. 종종 옆 사람이 "나도 요즘 진짜 우울해"라고 하는 말이 큰 위로로 다가올 때가 있잖아요.

우울함이 나만 겪는 감정이 아니라 다른 사람도 흔하게 느끼는 보편적인 감정이라는 것을 받아들이면, 우울함의 색이 조금 옅어지는 것을 느껴요. 혼자만의 감정이라고 느낄 때는 아주 짙은 검은색이었는데, 다들 비슷하게 힘들다는 얘기를 들으면 색이 조금씩 옅어지면서 희미한 색이 되곤 하거든요. '다른 사람도 불행하니까 꼴좋다'는 마음이 아니라 '내 마음에 공감해 줄 사람이 많기 때문'이라고 생각해요. 지치고 힘든 마음에 고개를 끄덕여 주는 사람이 있을 때 진정으로 위로받는 느낌이 드니까요.

내가 느끼는 이 우울함이 다른 사람들도 겪는 보편적인 감정이라고 느끼면, 하루를 보내고, 사람들을 만나고, 시간이 흐르면서 자연스레 우울함이 옅어지고 다시 보통의 마음으로 돌아오게 돼요. 건강할 때가 있으면 피곤할 때도 있고, 행복할 때가 있으면 우울할 때도 있는 것처럼 이런 감정의 흐름을 자연스럽고 보편적인 것으로 생각하면 좋겠어요.

남들처럼 열심히 살지 않았다고,
생각한 대로 살지 못했다고 자책할 필요 없이
그냥 내 기분, 내 감정을 그대로 받아들이는 거죠.
우울함조차 소중한 내 감정이니까요.

Ordinary School ————————

우울할 때 나를 다독이는 방법

산책

지독한 우울함이 찾아와 소중한 일상을 괴롭힐 때, 조금이나마 이런
우울함을 달래기 위해 제가 하는 가장 효과적인 방법은 '산책'이에요.

몸을 움직이는 것
햇볕을 쐬는 것
신선한 공기를 마시는 것
최선을 다해 자라나는 들꽃을 보는 것

산책이 우리에게 주는 이점은 열 손가락으로 세기 힘들 정도로 많아요. 울적하고 무기력해서 침대에만 있고 싶을 때가 많지만, 스마트폰 화면을 넘길 조금의 힘을 끌어 모아 현관문을 연다면 생각보다 세상이 꽤 아름다운 것들로 가득 차 있다는 것을 피부로 느낄 수 있어요.

억지로 나오긴 했지만 신선한 공기와 바람을 맞으면 '그래, 이런 날도 있는 거지 뭐' 하는 가벼운 마음이 들면서 기분이 꽤 나아지거든요. 날이 좋으면 좋은 대로, 비가 오면 비가 오는 대로, 산책이 주는 상쾌한 에너지가 지친 마음을 달래 줘요.

따뜻한 차 한잔

몸을 움직이는 산책을 했으니, 산책 후에는 따뜻한 차로 마음을 달래야 해요. 뜨거운 찻잔을 조심스럽게 잡아 한 모금 한 모금 음미하다 보면 온갖 잡념으로 복잡했던 마음이 잔잔해지는 것을 느껴요. 따뜻한 차 한 모금, 깊은 심호흡 한숨. 이렇게 천천히, 느리게 차를 마시면서 생각해요.

'요즘 내가 조금 피곤했나 보다. 오늘은 차 마시고 푹 쉬어야지.'

감기에 걸렸을 때 따뜻한 차를 마시고 잠을 푹 자는 것처럼, 마음이 지치고 울적할 때도 따뜻한 차의 온기와 충분한 잠이 필요해요. 덧나거나 크게 아프지 않도록 지친 내 마음을 세심하게 챙기고 관찰하는 습관이 우리의 마음 건강을 지킬 수 있을 거예요.

누군가를 부러워하는
마음에게

몇 년 전, 준비하던 시험과 진로에 대해 고민하는 친구와 전화 통화를 하다 당황했던 경험이 있어요.

친구의 이야기를 들으며 비슷한 고민이어서 몇 마디 조언을 했는데 "야, 너는 어쩜 그렇게 고민이 없어 보이냐. 진짜 부럽다." 라고 얘기하더라고요. 당시 다른 일로 스트레스를 받아 마음이 무거웠던 상황이었는데 누군가에게는 고민 없어 보일 수 있다는 사실이 참 아이러니하게 느껴졌어요.

저의 마음속은 늘 혼란스러워요.

결코 적은 나이는 아닌데, 이뤄 놓은 것은 없고, 시간은 빠르게 흐르고. 특출 나게 잘하는 것 없이 점점 뒤처지는 초라한 내 모습과 SNS에 보이는 성공한 누군가의 모습을 보며 저도 막연히 '와, 좋겠다. 저 사람은 나보다 낫겠지'라고 생각해요. 누군가 날 그렇게 볼 수 있다는 생각은 미처 못 하면서 말이죠.

내 고민은 드러나지 않은 채
마냥 행복해 보이는 것처럼,
저도 타인의 행복해 보이는 삶을 쉽게 부러워하면서
습관적으로 제 삶을 평가 절하하고 초라하다고 느꼈어요.

그렇지만 각자의 삶을 세심하게 들여다보면 우리 모두 저마다의 아픔과 슬픔과 사정이 있어요. 남들이 부러워하는 직장을 다니는 사람도, 안정적으로 가정을 꾸려 행복하게 잘 사는 사람도, 이야기를 들어 보면 각자 겪는 힘듦과 아픔이 있더라고요. 누구의 슬픔이 더 크다, 작다 따질 필요 없이 아픔을 겪는 사람만 그 고통을 알 테니 나의 열등감으로 상대방의 아픔을 깎아내릴 필요도, 나의 아픔을 극대화할 필요도 없어요. 각자의 아픔은 각자에게 제일 클 테니까요.

저는 사람들이 제 삶을 온전히 바라봐 주고 이해해 주길 바라면서도 타인을 바라볼 땐 그들의 단편적인 모습만 보고 섣부르게 판단했어요. 행복해 보이는 사람에게 '아냐, 저 사람도 분명 엄청 힘든 일이 있을 거야' 하고 제멋대로 판단하는 것도 문제가 있겠지만 '저 사람은 정말 근심 걱정 없어 보이는 편한 팔자네'라고만 생각하는 것도 나를 불행하게 만드는 시초라고 생각해요. 모든 사람의 아픔과 슬픔을 알고 이해할 순 없겠지만 적어도 섣부른 생각과 판단으로 타인의 삶을 부러워하고 나의 아픔을 극대화하며 초라하게 만드는 것은 나를 더 망가뜨릴 뿐이거든요.

사람들이 나에 대해 온전히 알지 못하는 것처럼 나도 상대방의 상황을 다 알 수 없으니, 보이는 짧은 파편의 정보만 가지고 날 깎아내리는 것은 주어진 삶을 열심히 사는 나에게 미안한 일이에요.

겉보기에 화려하지 않아도
우리는 우리에게 주어진 오늘을
꽤 열심히 살아가고 있어요.
주어진 하루를 포기하지 않고
있는 힘껏 살아가고 있는 사람은,
SNS에 근사해 보이는 타인이 아니라
바로 지금 여기의 '나'인걸요.

그런 우리의 일상을 존중하고 온전히 바라볼 수 있다면
우리의 삶도 남들 못지않게 근사해지리라 믿어요.

Ordinary School ————————

vlog 1.

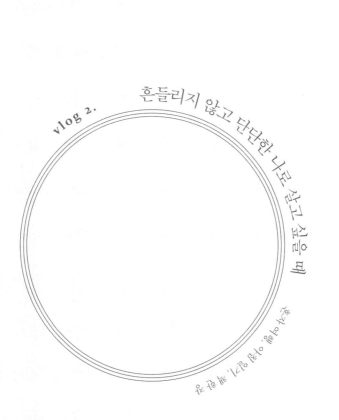

vlog 2.

흔들리지 않고 단단한 나로 살고 싶을 때

혼자여도 외롭지 않기, 행복하기

아무것도 되지 않아도
괜찮아

제 유년 시절을 생각해 보면 항상 무언가가 되어야만 한다고 생각했던 거 같아요. 삼 남매 중 둘째로 태어나서 그런지, 예쁘고 순한 언니나 귀염둥이 막내아들을 제치고 부모님의 관심과 사랑을 받기 위해서는 어떻게든 자신을 증명해야 했죠. 공부를 잘하든, 부모님 말씀을 잘 듣든, 애교가 많든. 그래서 열심히 공부하고 성실하고 착하게 살았다고 생각했는데 '무언가 되어야 한다'는 생각은 성인이 되어서도 떠나지 않고 자신을 계속 괴롭혔어요.

무언가 되어야 한다는 압박. 더는 부모님의 사랑과 관심에 기대던 아이가 아니라 훌쩍 큰 어른이 되었지만, 어린 시절부터 가졌던 압박감은 어른이 된 저에게 또 다른 성공을 요구해요. 남들이 대단하다고 해 주는 직업적 성공이나 사회적 성공. 그런 성공을 이루기 위해 저는 또 압박감에 시달리죠.

게으르면 안 돼.
낙오되면 안 돼.

이런 압박감으로 시간을 허투루 쓰거나, 효율이 높지 않은 일을 하는 날에는 아무리 사소한 것이어도 스트레스가 컸어요. 내 삶이 아무것도 아닌 것 같은 느낌이 강하게 들었으니까요.

시험에 번번이 낙방했던 4년간 '아무것도 될 수 없다'는 사실을 뼈저리게 느끼면서 짙은 우울감에서 빠져나올 수 없었죠. 가까스로 마음을 다잡고 기간제 교사로 일을 하면서 더 혹독하게 자신을 몰아붙였어요.

좀 더 일찍 일어나야 해.

책도 많이 읽어야지.

부지런하게 살아야 해.

어느 날 문득 자신을 바라보니, 스스로 만들어 둔 촘촘한 인생 시간표에 따라, 스스로 정한 인생 기준에 따라, 쫓기듯 삶을 맞추고 있었어요. 이렇게 살아야 잘 사는 거고, 이런 것을 성취해야 성공한 인생이라고 주입하며 말이죠. '무언가 되어야만 한다'는 강박은 내가 아무것도 되지 않으면, 아무것도 하지 않으면, 결국 아무것도 아닌 사람이 되고 말 거라는 무언의 압박이었어요. 나의 존재 이유가 무언가 되어야 분명해진다고 생각했으니까요.

사실 제가 듣고 싶었던 한마디는

이런 것인지도 몰라요.

"아무것도 되지 않아도 괜찮아.

너 자체로 충분해."

저에겐 이제 세 살 되는 귀여운 조카가 있어요. 아직 결혼도 안했고 출산의 고통도 경험해 보지 못했지만, 무럭무럭 자라는 조카를 보며 '이렇게 존재 자체로 예쁠 수 있구나' 하는 생각을 해요. 물론 가끔 언니 집에 들러 육아를 도와주는 것뿐이니, 육아를 제대로 경험해 보지 못해서 하는 어설픈 소리일 수 있어요.

그렇지만 사실 우리는 태어나면서 모두 이런 존재였을 거예요. 그 자체로도 충분한, 존재 자체로도 예쁜 사람이요.

존재 자체로 예쁘고 소중하게 태어났지만, 한 살 한 살 나이를 먹어 갈수록 사회의 따가운 시선과 수많은 경쟁 속에서, 어느 순간 아무것도 되지 못한 자신을 한심하게 바라보기 시작해요. 무언가 해야 한다고 자책하고 쏘아붙이고 불편하게 만들어 버리죠. 그리고 자신을 괴롭혀요. 인생의 시간표를 정하고, 쉬는 날에도 온전히 쉴 수 없도록 일들을 쌓아두고 정말 중요한 사실은 까마득히 잊어버리죠. '우리'가 '존재 자체로 충분히 괜찮은 사람'이라는 사실을요.

"어떻게 하면 나 자신이 될 수 있지?"는 사실 잘못된 질문이다. 그것은 자기 자신으로 되기 위해 무엇을 해야만 하는 것을 내포하고 있다. 당신은 이미 자기 자신이기 때문에 여기서는 '어떻게 하면'이라는 말이 적용되지 않는다. 이미 존재하는 자신에게 불필요한 짐을 보태는 것을 중단하기만 하면 된다.

– 에크하르트 톨레,《삶으로 다시 떠오르기》(류시화 옮김, 연금술사, 2013)

우리는 이미 자신이기 때문에 여기에 더 나를 꾸미는 수식어를 붙일 필요가 없어요. 우린 이미 지금 여기에 존재하는 귀한 존재들이니까요.

스스로 얘기해 주면 좋겠어요.
아무것도 하지 않아도 괜찮다고.
아무것도 되지 않아도 괜찮다고.

Ordinary School ────────────

아무것도 안 해도 되는 여행 떠나기

가장 기억에 남는 여행을 꼽으라고 한다면 저는 처음으로 혼자 떠났던 '부안 여행'을 꼽아요. 이국적인 해외도 아니고, 푸르른 제주도도 아니지만, '부안 여행'이 가장 기억에 남는 이유는 '아무것도 안 하는 여행'이었기 때문이에요. 항상 '무언가 되어야 한다'는 부담감이 있던 저에게 여행은 설렘뿐만 아니라 스트레스가 되기도 했어요. 돈과 시간을 들여 떠나는 여행이기 때문에 유명한 명소를 가야 한다거나, 맛집을 가야 한다거나 하는 부담감이 있었거든요.

그러다 우연히 부안에 있는 숙소 사진 한 장을 보게 됐고, 바로 예약을 했어요. 그렇게 30년 인생 처음으로 나 홀로 여행을 떠나게 되었죠. 아무런 계획도 없이요. 맛집 리스트 대신 준비해 온 재료로 숙소에서 밥을 해 먹고, 유명 명소를 찍고 오는 대신 한적한 절에 앉아 바람과 자연을 느꼈어요.

산책하고, 책을 읽고, 커피를 마시고.

여행에서도 '뭔가 해야 한다'는 부담감이 있던 저에게, 혼자 떠난 여행은 '내 의지대로 하루를 채우는 것'이 얼마나 큰 즐거움인지 알려 주었어요. 오로지 내가 편한 대로 내가 좋은 대로 시간을 보내다 보니, 하루가 더 알차고 소중하더라고요.

물론 집에서도 그런 즐거움을 느낄 수 있지만, 오롯이 낯선 곳에 혼자 있을 때, 모든 감각이 살아나는 것 같아요. 파도 소리에 전해 오는 바

혼들리지 않고
단단한 나로
살고 싶을 때

다 냄새, 간간이 들리는 갈매기의 울음소리, 창문을 두드리는 빗소리를 들으면서 어떤 때보다 더 진한 행복감을 느꼈어요. 아무것도 하지 않아도, 혼자여도 충분히 행복할 수 있다는 걸 알게 되었죠.

그래서 '아무것도 안 해도 되는 여행'을 추천해요. 호캉스도 좋지만 조금이라도 더 자연을 느낄 수 있는 곳이면 좋아요. 필연적으로 많은 돈이 필요한 호텔과 달리, 조용히 숲을 거닐면서 바람과 새소리를 느끼는 데는 큰돈이 필요하지 않거든요. 자연은 우리에게 무언가를 요구하지 않으니까요. 혼자 떠난 여행에서, 조용히 자연을 거닐다 보면 '이것만으로도 충분하다'는 마음이 들어요.

나를 압박하고 힘겹게 하던 부담감을 내려놓고 조금 더 내 모습 자체에 초점을 맞추면 좋겠어요.

하고 싶은 일이
많습니다

저는 어릴 적부터 '하고 싶은 일'이 분명하게 있는 아이가 아니었어요. 모든 것에 관심이 많았는데 다 얕은 관심일 뿐이어서 무언가 시작한다고 하더라도 명확히 끝을 내지 못했어요.

이런 성향 때문에 학창 시절엔 진로에 대한 고민 또한 많았죠. 관심 있는 분야는 많았지만 무엇을 전공으로 선택하고 어떤 직업으로 먹고살아야 할지 명확하지 않아, 딱히 '이거다' 하고 진로를 정하지 못한 채 대학에 진학하게 되었어요. 여러 고민 끝에 교사가 되어야겠다는 마음으로 열심히 달렸지만, 계속 좌절을 겪으면서 제 삶은 마냥 불투명하고 깜깜한 터널이 되어 버렸어요.

고민 끝에 내린 선택이 좌절되자, 삶을 어떻게 살아야 할지 갈피를 잡을 수 없었어요. 한 개인이 '직업'으로서 인정받는 이 시대에 나를 설명하는 수식어라고는 n수생, 임고생, 취업준비생 등 자신을 작게 만드는 단어들뿐이었죠. 어디 가서 떳떳하게 나를 소개할 수 없는 슬픔. 직업도 명함도 없는 내가 '대체 무엇이 될 수 있을까' 싶었어요.

에밀리 와프닉의 책 《모든 것이 되는 법》(김보미 옮김, 웅진지식하우스, 2017)에 이런 이야기가 나와요.

> "당신이 하는 일이 곧 당신은 아니다. 변화는 당신의 정체성을 파괴하지 않는다. 당신은 당신의 도구가 아니다. 당신은 당신의 직업이 아니다. 당신은 '음악인', '선생님' 또는 '엔지니어'보다 더 큰 존재다. 당신은 어떤 직업을

가지고 있는지와 상관없이(심지어 직업이 없다 하더라도) 그

자체로 전부다."

사실 저는 제가 '기간제 교사'라는 것을 감추고 싶었어요. '기간제 교사'라는 단어가 주는 임시적이고 불안정한 느낌이 마치 제 상황을 확대해서 보여 주는 것 같았거든요. 그래서 어디 가서 얘기할 때 '기간제'라는 말을 붙이는 것이 부끄러웠어요. 누군가가 직업으로 날 판단할까 봐 겁이 날 뿐이었죠. 그렇지만 책에서 말한 것처럼 우리의 정체성은 우리가 어떤 일을 하느냐에 따라 규정되지 않아요. 그 자체로서 의미가 있으니까요.

누군가가 직업으로 날 판단한다면
그것은 그 사람의 기준일 뿐이라고 생각해요.
나의 몫은 단순히 직업적인 것을 넘어
'나'로서 내 삶을 만들어 나가는 거죠.

자신을 계속해서 특정한 직업과 동일시하고, 나 자체를 인정하지 않는다면, 앞으로 어떤 모습으로 살아가든 우리는 계속해서 직업적 명함에 자신을 가둘지 몰라요. 타인의 인정을 바라고 나 자신을 지나치게 규정하려 하겠죠.

인생은 결코 쉽지 않아요. 때로는 살아가는 일에 지치기도 하죠. 이런 힘든 삶에서 내가 나를 인정하지 않고 계속해서 증명하고 인정받길 원한다면 나만의 모습은 사라지고 똑같은 틀에 찍혀 나와서 다른 이와 구분 할 수도 없는 그저 그런 모습으로 살아가게 될 거예요. 쉽지 않은 삶이 더 어려워지고 지치는 일이 되겠죠.

저는 끈기와 전문성이 부족하지만 이런 나를 탓하고 폄하하기보다 호기심이 많고 습득이 빠르다는 저의 장점에 집중하고 싶어요. 단점보다는 장점을 보고 발전 시켜 나간다면 생각지도 못했던 방향으로 성장할 수 있을 테니까요. 내 모습 자체를 인정하고 내 방식대로 살아갈 때야말로 주어진 삶을 즐기고 스스로를 사랑할 수 있다고 믿어요.

저는 계속해서 새로운 일들을 배우고 각기 다른 것처럼 보이는 일들을 연결 지으며 제가 배운 다양한 것들을 나누며 살고 싶어요. 전문적이지 않더라도 여러 가지 일을 하며 얻는 유익함을 통해 더 성장할 수 있을 거예요. 틀 안에 나를 규정하지 않는다면 말이죠.

타인의 인정보다는
자신을 스스로 인정함으로써
성장하는 우리의 모습을 꿈꾸며,
그렇게 조금씩 발전해 가리라 믿어요.

Ordinary School ————————

우리가 가진
가난

'가성비'란 늘 저에게 중요한 단어였어요. 대학교 때부터 아르바이트로 번 적은 돈으로 생활해야 했기 때문에 어떤 물건을 사든 '가성비'를 생각할 수밖에 없었어요. 수많은 사이트에 들어가 가격 비교를 하고, 모바일 앱 쿠폰이 있는지 일일이 확인하고, 쓸 수 있는 쿠폰은 최대한 사용해서 어떻게든 내가 가진 한정된 재화로 가장 합리적인 소비를 하려고 열을 다했죠.

최저가로 샀다고 좋아했는데 다음 날 가격이 더 내려간 걸 보면 기분이 상했고, 카페를 가더라도 먹고 싶은 것보다 가격표를 먼저 보고 최대한 저렴한 걸 주문했어요. 가성비가 좋은, 최고의 선택을 위해 쉴 새 없이 계산기를 두드리고, 내가 가진 재화를 낭비하지 않기 위해 며칠을 고민했어요. 취향과 관심사보다는 가성비와 합리성이 가장 중요한 문제였거든요. 내 선택이 실패라는 낭비가 되면 안 되니까요.

이런 습관은 소비뿐만 아니라 삶을 바라보는 태도에도 스며들었어요. 대학교 때 친구 대부분이 교환학생을 가거나 교외 활동을 할 때도, 저는 계속 학교에 남아 학점을 빼곡히 채워 수업을 들었어요. 교환학생을 가면 과외나 학원 아르바이트도 다 그만두어야 하고, 졸업도 늦어질 텐데 가성비가 중요한 저에게 교환학생은 합리적인 일이 아니었거든요.

이것저것 경험하고 여행하면서 늦게 졸업하는 것보다 일찍 졸업해서 취업하고 안정적으로 사는 것이 최선의 선택이라고 믿었어요. 임용고시를 준비할 때도 임용과 관련되지 않은 책은 시간 낭비라고 생각해서 들여다보지도 않았죠. 빠르게 시험에

붙는 게 최선이니 책 읽을 시간에 개념 하나 더 외우고, 전공
책을 한 번 더 보자는 생각뿐이었어요.

정해진 길에서 다른 방향으로 가는 것.
여러 가지 일들에 도전하는 것.
이 모든 것이 저에게는 가성비가 턱없이 안 좋은 일들이었어요.

넉넉하지 못한 환경에서 주어진 한정된 재화.
몇 푼 안 되는 돈으로 해야 하는 가장 합리적인 선택.
'가성비'를 추구해야 했던 저는
덕분에 실패를 배우지 못했고 방황하는 것을 배우지 못했어요.
실패와 방황만큼 가성비 나쁜 것은 없으니까요.

마음의 여유는 사라지고, 주변의 아름다운 것들에 감탄할 시간
보다는 양옆의 시야를 가린 경주마처럼 앞만 향해 달려가는 자
신을 마주하게 되었을 때 '아, 이게 내가 가진 가난이구나'라는
생각이 들었어요.

지금은 직장 생활을 시작하고 고정적인 수입이 생기면서 소비에 있어서 이제 나에게 중요한 건 가성비보다 취향과 품질이라는 것을 알게 되었지만, 여전히 도전할 기회 앞에 실패를 걱정해 가성비 있는 지름길을 생각하는 나를 보며 몸에 배어버린 가난의 습관을 체감해요.

실패를 줄이기 위해 많이 고민하고 합리적으로 선택하는 것은 분명 필요한 일이지만, 그런 과정에서 실패란 무조건 좋지 않은 일이라고 생각하게 되었고 실패에 들인 나의 시간과 돈과 노력이 큰 스트레스로 다가왔어요. 지금까지 내가 한 일들이 다 시간 낭비에 헛수고란 생각이 들었죠.

그렇지만 우리는 인생이 결코 효율적이고 합리적이기만 한 것이 아님을 알고 있어요. 실패해야 배울 수도 있고,
생각지도 못한 길에서 깨달음을 얻기도 하는 것처럼,
실패와 방황의 연속인 인생에서
우리는 새로운 것을 배우기도 해요.

이런 인생에서 우리가
흔들리지 않고 단단하게 살아가기 위해 필요한 것은
'가성비'란 단어를 내려놓고
실패와 방황을
낭비로 여기지 않는 태도라고 생각해요.

지금 가는 길이 가장 빠른 길이 아닐 수 있고, 헛수고같이 여겨지기도 하겠지만, 그렇다고 해서 우리가 살고 싶은 인생이 단순히 '가성비 좋은 인생'만은 아니니까요.

비록 우리 삶이 풍족하지 않았고, 실패를 배우지 못했더라도 무엇이 부족한지 아는 지금, 삶을 있는 그대로 마주하고 실패도 기꺼이 받아들이려는 태도가 나에게 스며 있는 가난의 습관을 떨쳐 버리게 해 주리라고 믿어요.
길을 가다 넘어졌는데 틈새에 핀 꽃을 발견하는 것처럼, 인생을 가성비와 효율로 따지지 않았을 때야말로 삶에 숨겨진 아름다움과 풍요로움을 듬뿍 느낄 수 있을 거예요.

우리 삶의 실패와 방황이

쓸모없는 일이 아닐 수 있도록,

내 마음이 여유롭고 건강하길 바랍니다.

Ordinary School ————————

흔들리지 않고
단단한 나로
살고 싶을 때

'오늘도 아무것도 안 했네'라는
생각이 들 때

매일 반복되는 일상 속에서 나날이 지쳐가던 적이 있었어요.
정신 없이 일하고, 막히는 퇴근길을 뚫고 집에 돌아오면 온몸
은 천근만근이었고, 제대로 식사를 차려 먹을 여력도 없이 침
대에 쓰러지기 일쑤였죠.

씻지도 않고 침대에 누웠다가
느지막이 일어나 대충 인스턴트 음식으로 저녁을 때우고
시간이 되면 다시 잠자리에 들어

'오늘도 역시나 아무것도 안 했네'라는 막연한 불안감에 짓눌려 억지로 잠을 청하던 날들.

그날도 어김없이 수업과 업무에 치이는 고된 하루를 보내고 친구를 만나 저녁 식사를 한 날이었어요.

"벌써 4월이네. 새해 시작된 지 벌써 몇 달이 지났어."

친구 이야기를 들으니 기억 저 멀리 사라졌던 다이어리에 적은 새해 다짐이 떠올랐어요. 되짚어 생각해 보니 새해가 된 지 3개월이나 지났는데 새해 다짐 중에 실천한 것은 하나도 없었어요.

아무것도 안 하고 시간만 축내며 산다는 생각에 밥을 먹는 둥 마는 둥 하고 친구와 헤어지자마자 곧장 서점으로 갔어요. 그리고 스페인어책을 구매했어요. 새해 다짐에 '배우고 싶었던 외국어 배우기'라는 항목이 있었거든요.

집으로 돌아와 책상에 앉아 새 책을 펼쳐, 기초 알파벳부터 공부하는데 이상하게 묘한 희열감이 느껴졌어요. '오늘 내가 뭔가 했다'라는 만족감이었죠. 사실 제가 한 건 대단한 일이 아니에요. 새 책을 사고, 책상에 앉고, 알파벳을 공부했을 뿐인데 생각보다 큰 만족감에 '아, 이거구나' 하는 생각이 들었어요.

나에게 만족감을 주는 일은 거창한 것이 아니에요. 약간의 독서, 짧은 산책, 간단한 요리 등. 별거 아닌 것 같은 일이지만 내가 되고 싶어 하는 모습의 한 부분이거든요. 독서하는 사람이면 좋겠고, 산책하는 사람이면 좋겠고, 끼니를 잘 챙기는 사람이면 좋겠다는 바람.

되고 싶은 나를 꿈꾸며
작은 일을 꾸준히 지속하는 것은
내가 바라는 이상적인 모습과
가까워지는 기분을 선사해
만족감 또한 커지게 해요.

바쁘고 성실하게 하루를 보내고 나면 괜한 불안감에 잠을 설칠 틈도 없이 '오늘도 역시나 열심히 살았네'라는 생각을 하며 단잠에 빠져들어요. 모든 하루가 알차고 성실할 순 없겠지만, 외국어 책을 구매한 것과 같이 나를 위한 작고 사소한 행동 하나가 하루를 큰 만족감으로 채워요.

제가 아침마다 쓰는 《하루 5분 아침 일기》(인텔리전트 체인지, 정지현 옮김, 심야책방, 2017)에는 자기 전에 하는 몇 가지 질문이 있어요.

"오늘 일어난 멋진 일 세 가지는?"
"무엇을 했더라면 오늘 하루가 더 만족스러웠을까?"

간단한 두 가지 질문이지만, 이 질문 덕분에 하루를 마무리하는 저녁에 나의 하루가 어땠는지 생각해 볼 수 있어요. 아무것도 안 한 하루였는지, 근사한 일들이 있었던 하루였는지. 그리고 조금 아쉬웠던 하루였다면 내일은 보람찬 하루가 될 수 있도록 내가 할 일들을 생각해 보게 돼요.

우리가 매일 살아가는 오늘이, 내일이,
그냥 아무렇게나 흘러가는 시간이 아니라

근사하고 멋진 하루가 되면 좋겠어요.
그리고 그런 멋진 하루를 만들어 내는 것은
거창한 일이 아니라
독서하고, 산책하는 등의 아주 사소한 일이지요.

그렇게 저는 일기를 쓰고, 책을 읽고, 산책하면서 저의 하루를
채워 갑니다.

Ordinary School ────────

'이것만큼은' 리스트 만들기

우리는 모두 만족스러운 하루를 꿈꿔요. 잠을 잘 때 '그래, 오늘도 수고했어' 하는 마음으로 잠들길 바라죠. 그렇지만 바쁘고 피곤한 일상에 매일같이 만족스러운 하루를 만드는 것은 생각보다 어려운 일이에요. 내가 원하는 내 모습이 되기 위한 여러 가지 행동을 다 성취해야 하니까요. 그래서 저는 '이것만큼은' 리스트를 만들어 두고, 바쁘고 힘들더라도 이것만큼은 하려고 노력해요.

① 아침에 일어나자마자 이불 정리하기
② 물 한 컵 마시기

③ 책 한 장 읽기
④ 아침 일기 쓰기
⑤ 좋아하는 향수 뿌리기

엄청나게 시간 투자를 해야 하는 것은 아니지만, 만족스러운 하루를 만들기 위해 스스로 약속하고 지키기 위해 노력하는 일들이에요. 리스트 만들기는 어렵지 않아요. '이것만큼은 해야지'라고 생각하는 작은 일들을 세 개에서 다섯 개 정도 만들어 두는 거예요. 일주일 정도 리스트에 쓰인 활동들을 실행하다가 너무 쉽게 느껴지면 하나씩 하나씩 내가 좋아하는 일들로, 더 나은 나를 만들 수 있는 일들로 늘려가 봐요.

그렇지만 딱 '이것만큼 하겠다'라고 만든 리스트이기 때문에 나에게 부담되지 않도록 적정하게 만들 필요가 있어요. 하루가 너무 바쁘고 피곤한데 내가 해야 할 목록이 지나치게 많으면 쉽게 지쳐 버리거든요. '이것만큼'은 해 나가는 우리의 오늘을 응원합니다!

절약과 소비
그 어딘가

최근 주식 붐이 불고 부동산 가격이 치솟으면서 주변 사람들과 대화할 때마다 '돈'에 관한 이야기가 빠지지 않게 되었어요. 유튜브 영상만 봐도 돈에 관한 콘텐츠가 정말 많죠. 주식, 부동산, 재테크, 투자 등. 특히 알고리즘을 통해 추천되는 영상에서 저와 비슷한 또래의 사람들이 얼마를 모았다, 어떻게 절약했다 등의 이야기를 들으면 '그동안 나는 뭐 했나' 하는 생각이 들기도 해요.

저는 스무 살이 되면서 부모님께 용돈을 받지 않았어요. 넉넉한 가정환경이 아니어서 계속 부모님께 손을 벌릴 수 없었고, 학비며 통신 요금, 교통비 등은 고스란히 제가 부담할 몫이었어요. 덕분에 고등학교를 졸업하기 전부터 아르바이트를 시작했고, 학점을 빡빡하게 채워 듣고, 임용고시를 준비하는 동안에도 계속 일할 수밖에 없었죠. 학업과 일을 병행하느라, 많이 벌 수도 없었고 생활비를 대기에도 빠듯해서 사고 싶은 건 많지만 살 수 없는 얇은 통장이 못내 서글펐던 기억이 나요.

그렇게 20대 초중반을 보내고 사회생활을 시작한 후, '월급'이라는 명목으로 아르바이트할 때는 만져 보지 못하던 큰 단위의 금액이 통장에 찍히니까 기분이 묘하더라고요. 돈을 모아야겠다는 마음도 들었지만, 그보다 컸던 건 '보상심리'였어요. 시험을 준비하느라 남보다 조금 늦게 사회생활을 시작했고, 계속 일하고 바쁘게 살았던 나에게 '이 정도는 괜찮지' 하며 보상해 주고 싶은 마음이 컸어요.

아르바이트할 때는 갖고 싶었던 것 중에서 고민하다 겨우 하나를 샀다면, 그때보다 많은 금액의 월급을 받게 되자 '얼마 안 하는데 그냥 다 사지 뭐' 하는 마음으로 씀씀이가 차츰 커졌어요. 시간이 지나고 방 한구석에 물건이 쌓이면서 그만큼 공허함도 쌓여 갔죠.

정말 갖고 싶어서 며칠을 고민하다가 구매한 물건이지만 시간이 지나면서 만족도는 점차 사라졌고 그렇게 쌓인 물건들 속에서 내가 필요한 것을 바로 찾지 못할 때 느끼는 답답함과 스트레스는 더욱 커졌어요. 물건에 대한 공허함과 많은 사람의 절약 후기를 보면서 '나도 이제 진짜 절약해야지!' 하고 마음도 굳게 다졌지만 이것 또한 쉬운 일이 아니었죠.

이전과 같이 무분별한 소비는 많이 줄었지만 중간 중간 인터넷에서 보이는 트렌디한 패션과 센스 있는 소품들을 보면 자연스럽게 쇼핑몰의 장바구니 버튼을 클릭하는 저를 보게 돼요.

절약해야 한다는 마음과 예쁜 물건들을 사고 싶다는 욕심 사이에서 갈팡질팡하면서 소비와 절약에 대해 깊게 생각해 보게 되었어요.

자본주의 사회에서 결코 뗄 수 없는 소비.
자본주의 사회에서 단단하게 설 수 있도록 하는 절약.
절약과 소비에 관한 생각이 이어지면서 결국 어떤 것이 더 좋다 나쁘다 할 것 없이 '나는 어떻게 생각하는지'가 가장 중요하다는 결론을 내렸어요.

저는 절약이 자본주의 사회를 살아감에 있어 매우 중요한 습관이라고 생각해요. 돈이 많든 적든 휩쓸리지 않고 일상생활을 유지하게 하는 탄탄한 근력이 되거든요.

그렇다고 자본주의 사회에서 소비 또한 외면할 수 없어요. 좋아하는 가족과 친구에게 기꺼이 선물을 건네고, 배우고 싶은 것을 큰 고민 없이 배우는 등 소비로 다양한 기회를 만들 수 있기도 하니까요.

돈은 모으고 싶은데
지금의 행복을 너무 억압하고 싶진 않고,
그렇다고 사고 싶은 걸 다 사면서
미래를 뒷전으로 보내긴 싫고.
그런 고민 끝에
'소비에 좀 더 신중해지자'고 생각하게 되었어요.

무언가를 구매하고 소유하는 것은 분명 즐거운 일이에요. 물건을 구매하고 사용해 보아야 내가 어떤 물건에 만족감이 크고 내 취향은 어떤 것인지, 나는 무엇을 좋아하는지 등 나에 대해 잘 알 수 있거든요.

그렇지만 어떻게 소비하느냐에 따라 우리의 삶도 달라져요. 우리의 삶을 채우는 것이 충동적으로 구매한 불필요한 물건들인지 아니면 나의 취향과 생각과 가치들인지는 내가 선택하는 일이에요. 삶의 방향이나 선택에 있어 주관을 가지는 것이 중요한 것처럼, 소비에서도 타인의 생각이나 유행을 따라가기보다 신중하게 생각하고 분별하는 것이 중요하죠.

우리가 가진 '돈'이라는 귀한 재화가,

나의 삶을 충만하게 채우고

기쁨과 만족을 가져다주면 좋겠어요.

단순히 물건이 비싸고 저렴하고의 여부와 상관없이

내가 기쁘지 않은 소비라면

나의 귀한 재화는 그저 낭비될 수 있으니까요.

Ordinary School ——————

흔들리지 않고
단단한 나로
살고 싶을 때

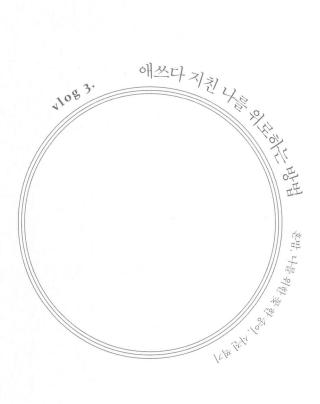

vlog 3.

애쓰다 지친 나를 위로하는 방법

괜찮아, 나는 충분히 잘하고 있으니까

아주 작은
사치

———————

저는 종종 꽃을 사요. 선물하려고 살 때도 있지만 대부분은 집
에 꽂아 두려고 사죠. 꽃을 감상할 사람도 나뿐인 작은 집에,
매일 물을 갈아 주고 가지 끝을 잘라 주며 시들면 버려야 하는
등 신경 쓸 것 많고 즐길 시간이 짧은 꽃을 산다는 것은 가성비
가 중요한 요즘에 썩 합리적인 선택이 아니긴 해요.

그렇지만 저는 가끔 이 가성비가 별로인, 썩 합리적이지 않은
선택지를 위해 굳이 꽃시장에 들러 금방 시들어 버릴 꽃을 사

오는 번거로운 일을 하곤 해요. '남'에게 선물하는 용도가 아니라 오로지 '내'가 보기 위해 꽃을 산다는 것은 그 선택의 중심에 오직 나를 위한 즐거움이 있거든요.

20대 초에는 무언가를 사고 소비할 때 '보여 주는 것'에 대한 생각을 많이 했어요. '이걸 사면 있어 보이지 않을까', 'SNS에 올리면 좋겠다'는 생각으로 물건을 샀고, 구매해도 나밖에 모를 것 같은 물건엔 크게 신경 쓰지 않았어요. 화장품을 살 땐, 집에서 바르는 기초 제품들은 저렴한 것들 위주로 구매했지만 외출 시에 사용하는 립스틱이나 팩트 같은 제품들은 백화점의 유명 브랜드로 샀죠. 옷을 살 때도 항상 외출복 위주로 구매했고, 집에서 편하게 입는 홈웨어나 파자마에 돈을 쓰는 건 그저 아깝기만 했어요.

보여 주는 소비를 하다 보니 타인의 시선이 구매 기준 1순위가 되었고 정작 내가 좋아하는 것은 뒤로 밀려나 있었어요. 내가 좋아하는 것보다는 남들이 잘 어울린다고 해 주는 것, 예뻐 보이는 것들에 가치를 부여했고 점차 내가 좋아하는 것에는 신경 쓰지 못하며 돈과 시간을 썼어요.

그러던 중 집에 돌아오는 추운 겨울, 문득 꽃집 간판이 눈에 들어오더라고요. 버스를 기다리면서 잠깐이라도 추위를 피할 생각으로 들어간 꽃집에서 고무 바구니에 투박하게 꽂혀 있는 튤립을 보게 되었어요. 한 송이에 천오백 원. 홀린 듯이 두 송이를 구매해서 나왔는데 집에 가는 길 내내 기분이 너무 좋은 거예요. 그때 처음으로 '아, 나를 위해 꽃을 사는 게 이렇게 즐거운 일이었구나' 하고 생각하게 되었죠.

그전까지는 혼자 꽃을 산다는 생각도, 필요성도 느끼지 못했어요. 그렇지만 투박한 유리병에 꽂혀 방 한구석을 밝게 비추는 방금 사 온 튤립 두 송이를 보고는, 그제야 내 삶의 초점을 '나'에게 두어야 함을 깨닫게 되었어요.

나에게 삶의 초점을 두고 나다운 삶을 살기 위해서는
'나를 위한 즐거움'이 필요하다고 생각해요.
남에게 보이기 위한 것도 아니고,

꼭 필요에 의한 것도 아니고,
나만 알아도 되는 '나를 위한' 즐거움이요.

사실 꽃은 일상생활에 꼭 필요한 것도 아니고 실용적이지도 않아요. 그렇지만 꽃을 사고 꽂아 두는 행위에서 저는 '나를 위한다'는 느낌을 받아요. 남의 시선을 신경 쓰지 않고 나를 위해 내가 좋아하는 것을 하고 그 행위를 존중하면서 나에게 초점을 맞추는 일이니까요.

군이 '꽃'이 아니더라도 각자에게 나를 위한 무언가가 있을 거예요. 그 무언가가 화분이 될 수도, 음반이 될 수도, 아니면 어떤 경험일 수도 있겠죠. 어떤 것이든 남보다는 '나'라는 존재에 초점을 맞추고 나를 위한 즐거움을 누리면 좋겠어요.

가성비, 합리성, 실용성과 같은 가치도 정말 중요하지만 때로는 조금 멀찍이 떨어져서 나만 아는, 오직 나만을 위한 일을 하는 것도 필요해요. 바쁘고 버거운 내 일상이 삐걱거리지 않고 부드럽게 흘러갈 수 있도록 해 주거든요. 온 마음이 지쳐 중간

에 멈추거나 고장 나지 않도록 말이에요.

저는 여전히 종종 꽃시장에 가서 꽃을 사요. 둘러보다 저렴하고 예쁜 꽃을 사 와 화병에 꽂아 두는 날에는 '진짜 나만을 위한 꽃이구나'라는 생각이 들어 괜스레 더 마음이 즐거워요.

피곤하고 지치고 무기력한 일상에도 나를 챙기고 있다는 느낌이 들면 조금 더 단단한 마음으로 다시 일상을 잘 살아낼 수 있지 않을까요?

Ordinary School

나를 소중하게 대하는 법

문득, 꽃시장

요즘엔 꽃 정기구독 서비스가 활성화되어 간편하게 이용할 수 있지만, 저는 굳이 번거롭게 꽃시장에 가요. 꽃을 구매하는 모든 과정의 즐거움을 느끼기 위해서요. 꽃을 사러 가는 설렘, 계절마다 변하는 다양한 꽃들을 둘러보는 재미, 놀랄 만큼 저렴한 꽃들을 데리고 오는 행운, 이것저것 물어보며 얻는 사소한 지식, 신문지에 대충 쌓인 꽃을 안고 돌아와 어깨너머로 배운 가지

치기로 다듬어 유리병에 넣는 순간까지. 일련의 모든 과정이 즐거워
요. 생각날 때 한 번쯤 꽃시장에 가 보는 것을 추천해요. 저렴한 가격
의 싱싱한 꽃들로 집 안에 봄을 가져올 수 있을 거예요.

나에게 집중하는 혼밥

친구를 만나기 전, 시간이 떠서 혼자 저녁을 먹은 적이 있어요. 유명
한 카레 집에 들어가 카레 우동 한 그릇과 작은 맥주 한 잔을 시켰는
데 이상하게 온몸이 짜릿할 정도로 해방감이 들더라고요. 좋은 사람
과 먹는 맛있는 음식도 즐겁지만, 자신에게 맛있는 한 끼를 대접한
다는 만족감과 다른 누구도 신경 쓰지 않고 맛있는 음식에 집중할
수 있다는 경험이 신선했어요. 집에서 혼자 맛있는 음식을 차려 먹
는 것과는 또 다른 즐거움이었거든요. 혼자 나가서 맛있는 식사를
나에게 대접하는 여유. 우리가 우리에게 줄 수 있는 아주 작은 사치
가 아닐까요.

좋아하는 것들로
채우는 하루

부모님 집을 떠나 독립하면서 한껏 설레었어요. 내 취향대로 집을 꾸밀 생각이 가득했죠. 그러나 1.5룸의 작은 집을 동생과 나눠 쓰면서 이것저것 짐이 늘기 시작했고, 계절이 바뀌면서 생기는 가전제품, 이불, 옷 등을 수납할 공간이 부족했어요. 덕분에 베란다 한편엔 온갖 잡동사니가 하나둘 쌓이기 시작했어요. '나중에 정리해야지' 하면서 질서 없이 쌓아 두는 물건은 계속 늘어났고, 신경 쓰지 못한 사이에 베란다는 손님이라도 오면 얼른 커튼으로 가려 버리는 숨기고 싶은 공간이 되어 버렸어요.

2년 정도 살면서 쌓인 짐을 정리할 엄두도 못 내고 계속 미루기만 하던 차에, 동생이 따로 독립하면서 '드디어 베란다를 정리해야겠다'고 굳게 마음을 먹었죠. 11평 남짓한 이 작은 집에 내가 좋아하지 않고 버리는 공간이 한 평이라도 있다는 것이 뭔가 아까운 마음이 들었거든요.

그렇지만 대충 아무렇게나 쌓아 둔, 해묵은 짐들을 치운다는 것은 신체적으로나 정신적으로나 힘든 일이었어요. '그냥 다 버리면 되지'라는 마음으로 시작했지만, 막상 다 꺼내서 정리하다 보니 버릴 수 없는 물건도 많았고, 버리기에 간단하지 않은 물건도 많았죠.

정리되지 않은 채 온갖 물건들로 가득 차 있는 집을 보면서 저절로 한숨이 나왔어요. 그렇지만 이미 되돌릴 수 없을 정도로 많아진 짐 앞에서 제가 할 수 있는 것이라곤 정리뿐이었죠. 며칠에 걸려서 치우고, 정리하고, 나누고 버리다 보니 끝없을 것 같았던 짐들이 조금씩 정리되기 시작하더라고요.

필요 없는 물건은 버리고, 새로 선반을 설치해 자주 사용하는 물건들을 바구니에 넣어 찾기 쉽게 정리하기를 여러 번. 보기 좋게 정렬된 베란다를 보니 뿌듯함이 몰려왔어요. 물건을 정리하고, 밝은색 커튼을 달고, 데코 타일로 바닥을 꾸미니, 예전에는 피하고 가려 두기 바빴던 공간이 지금은 집에서 제일 자랑하고 싶은 공간이 되었어요.

사실 집 밖으로 나서면 우리는 어쩔 수 없이 싫어하는 것들을 마주할 수밖에 없어요.
퀴퀴한 매연 냄새, 길바닥에 붙은 껌, 쓰레기가 가득한 골목.
우리가 하루 8시간 이상 일하는 일터도 크게 다르지 않아요.
볼 때마다 마음을 불편하게 하는 온갖 서류와 해결할 일들에 파묻혀 피곤한 하루를 보내죠.

대부분의 시간을 보내는 많은 공간이 우리가 원하지 않는 상태에 놓여 있어요. 고된 하루를 끝내고 머무는 소중한 집조차 원치 않는 것들로 가득하다면, 우린 어디서 마음의 안정과 휴식을 취할 수 있을까요.

내가 머물고 휴식을 취하는 공간을
내가 좋아하는 것들로 가득 채울 수 있다면,
힘든 삶 속에서 숨을 돌리며
다시 열심히 살아갈 에너지를
얻을 수 있으리라 생각해요.
온전히 나를 위한 공간 속에서요.

잡지에 나오는 것처럼 거창하고 값비싼 가구로 채워진 인테리어는 못 하지만, 쌓아 두었던 짐을 정리하는 것만으로도 충분히 나를 위한 공간으로 만들 수 있어요. 내 손길이 닿고, 나에게 필요한 것들, 내가 좋아하는 것들로 꾸며지는 공간일 테니까요.

집뿐만 아니라 우리 삶에 우리가 좋아하는 것들이 얼마나 채워졌는지 생각해 보면 좋겠어요. 좋아하는 것들로 채워진 공간도 이렇게 소중한데, 좋아하는 것들로 하루가 가득 찬다면 그 하루가 얼마나 예쁘고 벅찰까요.

우리의 공간과 하루를 아름답게 만드는 것은 그렇게 대단한 것들이 아니에요. 말끔히 정리된 책상, 몇 번이고 읽어도 좋은 책, 갓 볶은 신선한 커피 향.

일상 속에 자연스럽게 스며든 하나하나는 우리가 의식하지 않으면 아무 의미도 가지지 못한 채 뒤엉켜 사라지고 말아요. 바쁜 생활과 반복되는 피곤함을 내버려 두면 마치 내 삶의 주인인 것처럼 활개 치고, 내가 좋아하는 것들, 소중한 것들은 뒷전으로 밀려나기 마련이죠. 나중에 치워야겠다는 생각으로 대충 쌓아둔 짐들이 우리의 마음을 계속 불편하게 하는 것처럼요.

그래서 좋아하는 것들을
의식적으로 계속 생각하고 떠올리는 노력이 필요해요.
내 하루를 더 풍성하고 의미 있게 만들기 위해서요.
좋아하는 것들로 가득 찬 공간에서
온전히 휴식하는 것처럼,

소중한 것들로 가득 찬 하루에서

행복함을 듬뿍 느끼면 좋겠어요.

Ordinary School ——————————

사랑하는 순간의 기록

저는 사진 찍기를 좋아해서, 좋아하는 순간들을 사진으로 기록해요.
여름의 울창한 나뭇잎, 포근한 침대 옆의 룸 스프레이, 길가에 핀 들
꽃, 따뜻한 레몬 차, 계속 맡게 되는 섬유 유연제 향기, 풀벌레 소리가
들리는 가을밤, 하늘을 가득 채우는 일출.

좋아하는 것들에 관심을 두지 않는다면 색도 형태도 점점 희미해지고 말거예요. 그래서 우리가 좋아하는 것들을 많이 생각하고 남겨 두면 좋겠어요. 사진으로 찍어서 SNS에 올려도 좋고, 다이어리에 '내가 좋아하는 것들'이라는 목록을 만들어 하나하나 채워 나가도 좋아요. 내가 좋아하는 것들로 하루가 채워진다면, 이 삶 또한 내가 좋아하는 모습이 될 거라 믿어요.

5시 30분에
일어난다는 것

몇 년 전 발목을 다쳐 한 달 넘게 깁스한 적이 있어요. 다리가 불편하다 보니 생활에 제약이 생겼고 자연스럽게 집에 있는 시간이 많아졌죠. 몸이 불편하니 마음도 함께 약해져서 모든 의욕이 사라지고 우울해지더라고요. 이런 우울함과 무기력감은 깁스를 풀고 다리가 나아지는 단계에도 계속 이어졌어요.

이런 무료한 일상을 털어내기 위해 하루하루 목표를 세우고 달성하는 작은 성취가 필요했죠. 매일 할 수 있고, 간단하지만 보람을 느낄 만한 것이 무엇이 있을까 고민하다가 '새벽 기상'이 떠올랐어요. 어릴 적부터 아침을 일찍 시작하는 사람들을 막연하게 동경했고, 평소보다 일찍 일어난 날이면 뭔가 부지런하고 멋진 사람이 된 것 같은 느낌이었거든요.

매일 하루를 일찍 시작하는 사람이라면 무기력함도 덜하지 않을까 하는 생각에 새벽 기상 목표를 실천하기로 계획을 세웠어요. 그리고 이 습관은 지금의 제 하루를 든든하게 받쳐 주는 원동력이 되었죠.

저는 아침을 조금 일찍 시작해요. 보통 7시 30분쯤 출근하려고 집을 나서기 때문에 출근 준비 시간을 고려해서 5시 30분쯤 기상해요. 이불을 정리하고 양치하고 물 한 컵을 마신 후에 책상에 앉아요. 그리고 아침 일기를 펴서 오늘 하루를 어떻게 보내면 좋을지 생각해요. 감사한 일은 무엇인지, 어떤 일을 하면 하루가 더 만족스러울지, 오늘 하루를 상상하며 써 보는 거죠. 일기를 쓴 후에는 읽고 싶은 책을 읽기도 하고, 신선한 아침 공기를 마시며 산책할 때도 있고, 미뤄 두었던 집안일을 하는 등 나를 위한 시간을 보내요.

출근하기 전 하루를 시작하는 아침 시간을
내가 좋아하는 일들로 채우는 거예요.

일찍 일어나 부지런히 아침 시간을 보내는 것이 저에겐 맞춤옷 같이 잘 맞아 좋은 습관이 되었지만, 각자에게 맞는 라이프 스타일은 따로 있다고 생각해요. 그래서 '무조건 아침에 일찍 일어나는 것이 좋다', '이렇게 해야 삶이 달라진다'와 같은 틀에 박힌 이야기를 하고 싶진 않아요. 저는 밤이 깊어질수록 피곤하고 정신이 흐릿해지지만 늦은 새벽에 정신이 또렷해지면서 집중이 잘된다고 하는 친구도 있거든요.

아침이건 밤이건 새벽이건 우리에겐 소중한 '하루'가 주어져요. 그리고 그 '하루'를 대충 보내지 않았으면 좋겠어요. 매 순간 있는 힘껏 힘을 주고 살아야 하는 것은 아니지만 나에게 주어진 하루를 어떻게 '나답게 살아갈 수 있을까' 고민해 보면 좋겠어요.

내 하루를 어떻게 시작하고 싶은지.
내 하루를 어떻게 마무리하고 싶은지.
나다운 라이프 스타일은 무엇인지.

이렇게 나다운 하루를 만들기 위해 고민하고 노력하다 보면 매일 반복되는 일상이 따분하고 무료하기보다는 나라는 사람을 형성하기 위한 귀한 조각이 될 거예요. 그리고 지금보다 점점 더 나은 내가 되어 가겠죠.

저는 저에게 맞는 라이프 스타일에 따라 하루를 조금 일찍 시작하는 것뿐이지만 그 조금의 시간이 더 나은 내가 되게 해 줬다고 믿어요. 그리고 그 시간을 통해 내게 주어진 오늘 하루를 감사하고 좀 더 준비된 마음으로 힘차게 보낼 수 있었다고 생각해요.

만약 나에게 맞는 것이 무엇인지 잘 모르겠다면, 어떻게 하면 하루를 잘 채울 수 있을지 고민이 된다면, 우선 정해진 시간에 맞추어 일찍 자고 일찍 일어나 보는 것을 추천해요. 이일 저일하다 피곤함에 지쳐 잠이 든다거나 출근 시간에 맞추어 헐레벌떡 일어나는 것이 아니라, 내가 정해 놓은 삶의 루틴대로 주체적으로 하루를 살아내는 기본적인 습관을 만들어 보는 거예요. 하루를 시작하고 마무리하는 것에 있어 내 주체성이 높아진다면 조금 더 나에게 맞는 삶의 루틴과 스타일을 찾아갈 수 있을 테니까요.

내게 주어진 하루를 감사하게 보내고 나다운 삶의 모습을 찾아갈 수 있길 바라며, 우리에게 주어진 소중한 오늘을 응원할게요.

Ordinary School ──────────

가방에 넣은
책 한 권의 힘

지난해, 업무로 정신 차릴 틈 없이 바빴던 적이 있어요. 매일같이 쏟아지는 업무에 하루를 바삐 보내다 보면 책 한 장 읽지 못하고 일주일이 금세 흘러가는 경우가 생기기도 했죠. 책 읽는 일이 당장 해야 하는 급한 일은 아니니 부담 갖지 않고 천천히 읽으면 된다고 생각하지만, '책 한 장도 읽을 여유가 없다'는 게 서글퍼지더라고요. 책을 읽기 위해 반드시 어딜 가야 하는 것도 아니고, 어디서나 책을 펼치면 되는 것뿐인데 그럴 생각도 못 하고 바쁘게 하루를 산다는 것이 마치 나의 하루가 통제

범위를 넘어선 것 같은 느낌이었어요. 온전히 내 삶을 살고 있지 않다는 느낌이었죠.

바쁘게 흘러가는 일상에 내 삶을 맡기지 않고 중심을 잡기 위해서는 '급하지 않지만 중요한 일'이 빠져서는 안 된다고 생각해요. 책 읽는 일은 저에게 있어 그런 일이었어요. 지금 당장 해야 하는 급한 일은 아니지만, 내 삶의 중심을 잡아 주는 중요한 일 말이죠.

독서 시간을 조금이라도 확보하기 위해 처음에는 식사하면서 책을 읽곤 했는데 모든 것을 한 번에 처리하려고 하는 느낌이 들어서 매번 하기는 부담스러웠어요. 고민하다 가방을 꾸릴 때마다 책을 챙기기 시작했어요. 어디서든 책을 읽을 수 있는 환경을 만드는 것이었죠. 물론 책을 챙겨도 가방에서 꺼내지도 못한 채 다시 고이 가지고 오는 경우도 있었지만, 가방에 책 한 권 있다는 사실이 참 든든하더라고요. 언제든 날 위로할 든든한 지원군이 있다는 것이니까요.

특히 바쁜 업무에 지쳐 있을 때 한 장씩이라도 틈틈이 읽는 책이 큰 위로가 됐어요. 온갖 업무로 머리가 지끈거려서 과부하가 온 것 같을 때, 업무와 상관없는 책 한 장의 내용이 오히려 신선한 자극이 되더라고요. 지금 받는 중압감이나 스트레스가 세상의 전부가 아니라는 느낌, 삶의 숨통을 조금 트여 주는 느낌이었어요.

책으로 위로받을 수 있는 삶은 얼마나 간결한가 생각해요. 세상에는 온갖 스트레스가 쏟아지고 우리는 스트레스를 해소할 다양한 방법을 찾아요. 맛있는 음식 먹기, 친구들 만나서 수다 떨기, 쇼핑하기 등등.

이 중에서 장소와 시간적 제한을 가장 받지 않는 일이 있다면 아마 '책'이 아닐까 싶어요. 친구와 따로 약속 시간을 잡을 필요도 없고, 식당에 갈 필요도 없고, 쇼핑에 큰돈을 쓸 필요도 없이 사무실에서든, 버스 안에서든, 낮이든 밤이든 책 한 권만 있으면 지친 내 마음을 달랠 수 있으니까요.

저는 외출할 때 책을 챙겨요. 책 읽을 짬이 생기든 생기지 않든 우선 들고 나가 봐요. 병원 진료를 기다릴 때, 예상치 못하게 약속이 취소되었을 때, 나 혼자만의 시간을 갖고 싶을 때. 무겁게만 느껴지던 가방 속 책 한 권이 일상의 순간순간에 큰 위로가 돼요.

주어진 시간을 가치 있게 보낼 수 있겠다는 안도감.
한 장 한 장 넘길 때마다 밀려오는 성취감.
마음에 깊이 와 닿는 귀한 문장들.

삶이 내 뜻대로 흘러가는 것 같지 않다고 느낄 때
바쁜 일상에서 점점 내가 사라지는 것 같이 느껴질 때
가방에 책 한 권을 넣어 보세요.

'아, 맞다. 가방에 책이 있었지' 하며 한 장씩 책장을 넘기다 보면 일련의 행위가 주는 에너지와 성취감으로 보람찬 오늘을 살아가게 되리라 믿어요.

개인적으로는 정말 만나기 어려운 대단한 사람들을 책으로 만나면서, 쉽게 들을 수 없었던 인생에 관한 이야기와 조언을 차곡차곡 마음에 쌓아 나갔어요.

마음의 힘을 기르고, 변화와 실패를 두려워하지 말고, 본질과 가치에 대해 생각하라는 내용 등은 멈춰 놓았던 생각의 바퀴를 다시 굴릴 수 있게 해 줬어요. 덕분에 유튜브를 시작하고 정말 좋은 구독자님을 많이 알게 되었고, 감사할 일이 많아졌고 하루하루 조금 더 부지런히 살게 되는 긍정적인 효과들이 함께 따라왔어요.

우리의 마음은 빈 우물과도 같아요.
내 마음이 근심과 걱정이라는 물로 가득 차 있다면
깨끗하고 맑은 물을 넣어서
우물속 우울감의 농도를 낮춰야 해요.
깨끗한 물을 채울 가장 손쉬운 방법은 책을 읽는 것이죠.
좋은 생각과 가치관을
내 마음의 우물에 계속해서 부어 주는 거예요.

우리에게 들어오는 인풋이 꼭 책일 필요는 없어요.

좋은 사람들과의 대화, 남과 함께하는 경험, 생각의 깊이를 더해 주는 예술 등. 우리 안의 우물을 가득 채우는 것이 무엇인지 함께 생각해 보면 좋겠어요. 많이 채웠다면 또 그만큼 많이 나눌 수도 있겠죠. 채우고 나누기를 반복하다 보면 누구 하나의 우물만 말라 버리거나, 넘쳐흐르는 것이 아니라 서로의 우물이 맑은 물로 가득 차 함께 행복할 수 있을 거예요.

Ordinary School

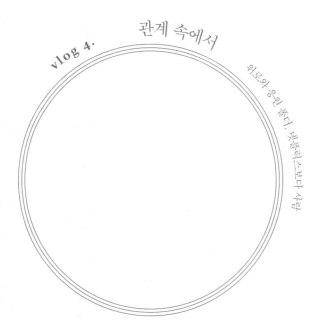

vlog 4.

관계 속에서

외로워질 때, 가까이 있는 사람

모든 사람에게
사랑받지 않아도 돼

파트리크 쥐스킨트의 소설 《깊이에의 강요》(김인순 옮김, 열린책
들, 2020)에서 재능 있는 젊은 화가에게 한 평론가가 "작품에 깊
이가 없다"고 말해요. 악의적 의도 없이 북돋아 줄 생각으로 한
말이었지만, 젊은 화가에겐 그렇지 않았어요. 평론가의 비평이
실린 신문과 사람들의 수군거리는 소리를 들으며 젊은 화가는
'왜 나는 깊이가 없을까?'라며 계속 한탄했고 더 이상 그림을
그리지 못하고 피폐한 삶을 살다가 자살로 생을 마감해요.

짧은 단편소설이지만 전하는 메시지는 강렬했어요.

누군가를 죽음으로 이끄는 의미 없는 말 한마디

타인의 한마디 한마디에 크게 흔들리는 삶의 방향과 가치관

진실에는 관심 없이 가십거리로 사건을 이야기하는 사람들

저 또한 남들의 시선과 비판에 익숙하지 않은 사람이라 소설 속 젊은 화가에게 감정이입이 됐어요. 분명 재능 있는 화가고, 그녀의 그림을 좋아하는 사람 또한 많은데 누군가의 한마디에 흔들려 삶을 마감하는 모습을 보면서 과연 나는 얼마나 흔들리지 않을 수 있을까 반추하게 되더라고요.

비판에 익숙한 사람이 있을까요? 태생적으로 타인의 시선에 크게 신경 쓰지 않는 사람도 분명 있겠지만, 나에 대한 안 좋은 이야기를 듣거나 누군가가 날 싫어한다고 하면 대부분은 마음에 생채기가 나요. 저 또한 악의적인 댓글을 보거나 비난을 마주하면 겉으로는 쿨한 척 티 안 내려고 무던히 노력하지만 마음속으로 계속해서 고민하고 걱정해요. 내가 뭘 잘못했을까, 나는 뭐가 부족할까. 소설 속 젊은 화가처럼 타인의 말에 흔들

리는 자신을 마주하며 다시 생각하죠.

'왜 나는 모든 사람이 날 좋아해 줬으면 하는 걸까.
나도 모든 사람을 좋아하지 않으면서.
날 싫어하는 사람이 있는 것은 당연한 일일 텐데.'

모든 사람이 날 좋아할 수 없다는 사실을 당연하게 알고 있으면서 막상 비난과 비판 앞에서는 마음이 무너져요. 그렇지만 과연 날 싫어하는 사람이 있다는 사실이 신경 쓰지 않고 넘어갈 수 있는 무덤덤한 일일까 싶기도 해요. 누군가 날 싫어한다는 것은 내가 지금까지 살아왔던 삶의 방식이, 말과 행동과 생각이 다 부정당하는 것일 테니까요.

내가 살아온 삶의 방식. 다시 생각해 보면 내가 살아온 방식이 있는 것처럼 다른 이들 또한 저마다 살아온 각자의 방식이 있을 거예요. 자라난 환경이 다르고, 경험, 생각 또한 다 다를 테니 삶의 방식이 똑같을 수는 없겠죠. 그러다 보니 나의 삶의 방식에서는 정답이라고 믿었던 것이 다른 사람의 삶에서는 오답

일 수 있고, 다른 사람의 삶에 정답인 것이 나에게는 오답일 수 있어요. 자신에게 맞는 삶의 태도와 관점을 가지고 있기 때문에 삶을 바라보는 것 또한 다르고 결국 '좋고 싫음'이라는 표현이 생기게 되는 것이죠.

비난 앞에서 덤덤하게 살아가기란 참 어려운 일이에요. 나대로 행동하고 말하는 것이 정답이라고 생각하는 삶에서, 누군가가 '틀렸어'라고 얘기하는 걸 테니까요. 무조건 내가 옳다는 생각으로 타인의 의견을 무시하는 것 또한 옳지 않지만 내가 생각하는 나의 삶이 있듯, 다른 사람의 생각과 삶이 있음을 인정하는 태도가 중요하다고 생각해요.

인정하고 받아들이는 것이 어렵더라도 최소한 그런 삶이 있다는 것을 알고 있다면 우리의 마음은 조금 더 단단해질 수 있어요. 누군가가 나를 싫어하고 비난했을 때 '나와 다른 삶에서는 그렇게 생각하는구나' 하고 조금 덜 상처 받고 지나갈 수 있을 테니까요.

알랭 드 보통은 《철학의 위안》(정명진 옮김, 청미래, 2012)에서 비난에 대해 이렇게 얘기해요.

> "각자의 성격이나 성취에 대해서 불쾌한 평가를 들었다고 해서 금방 눈물이 핑 돌기라도 한다면, 그 이유는 아마 우리 스스로 옳다고 믿기 위해서는 다른 사람의 찬성이 절대적으로 필요하다고 믿기 때문이 아닐까?"

타인이 찬성하지 않는다고 우리의 생각과 가치가 잘못된 것은 아닐 거예요. 앞에서 얘기한 것처럼 각자 살아온 삶에 따라 정답과 오답이 다를 테니 내 생각을 이야기하기 위해 타인의 찬성이 무조건 필요한 것은 아니죠. 다른 사람의 한마디 한마디에 흔들리지 않는 내가 되기 위해서는 끊임없이 생각하고 고민하며 내 가치관과 주관을 쌓아야 해요. 자신을 믿을 수 있어야 하거든요.

비난과 비판 앞에서 단단해졌으면 좋겠어요.
하지만 단순히 상처를 많이 받아서,

시간이 지나서,

고통에 무뎌져서가 아니라

내 가치관과 주관으로 단단해지고

'다름'을 인정할 수 있어서 단단해지길 바라요.

그리고 그런 과정을 통해 우리는 더 건강해지리라 믿어요.

Ordinary School ——————

위로 앨범 만들기

주변에 날 힘들게 하고 속상하게 하는 사람도 많지만, 나를 믿고 응원하는 사람 또한 많아요. 내가 우울하고 힘들 때 스스로 이겨내는 것도 중요하지만, 좋은 사람들의 따뜻한 응원만큼 위로가 되는 것이 없지요. 그래서 저는 핸드폰 속에 저만의 '위로 앨범'을 만들어 놓았어요. 따뜻한 댓글들, 정성 가득한 메일, 응원 듬뿍 담긴 손편지 등을 캡처하거나 사진 찍어서 '위로와 응원'이라는 제목으로 앨범을 만들어 두었죠. 누군가에게 나쁜 말을 들었을 때, 스스로 초라하다고 느낄 때 읽어 보려고요. 나를 응원해 주는 사람이 이렇게 많구나, 내가 잘하고 있구나 하는 마음이 들 수 있게요.

위로 앨범을 만드는 방법은 간단해요. 친구와 대화하다가 들은 좋은 말들을 메모장에 남겨 두거나, 메신저나 메일로 오고 가는 응원의 말들을 캡처해서 핸드폰 사진 폴더에 따로 앨범을 만드는 거예요. 만약 위로나 응원의 말을 듣는 경우가 드물다면 책의 좋은 구절이나 따뜻한 시를 찍어 저장하는 것도 좋은 방법이에요. 어떤 것이든 내 마음이 힘들 때 위로가 되면 되니까요. 주변의 좋은 말, 좋은 풍경, 좋은 생각을 많이 모으고 많이 간직해요. 우리 마음이 조금 더 따뜻해질 수 있도록 말이에요.

우리는
누구에게서나 배운다

_____

다소 늦은 나이에 사회생활을 시작하면서 다양한 사람들을 만나게 되었어요. 지금까지 자라온 환경에서 형성된 나만의 성향이 있듯이, 사회생활을 하며 만나는 사람들도 저마다 다른 환경에서 살아왔으니, 성향도 다르지요. 그 때문에 애초에 모든 사람과 잘 맞을 거라고, 편할 거라고 기대하는 것은 순진한 착각일 텐데 모든 게 서툴렀던 저는 막연하게 다 잘할 수 있을 거라고만 생각했어요.

'내가 잘하면 괜찮을 거야'라는 마음으로 열의에 차서 사회생활을 시작했지만, 어떻게 사람들이 다 내 마음 같을 수 있을까요. 각자 다른 생각을 하고, 다른 방식으로 살아가는 사람들이 모인 곳인데 말이죠.

사회생활을 시작한 지 이제 겨우 4년 차가 되었지만, 업무로 인한 스트레스보다는 인간관계로 인한 스트레스가 더 많았어요. 웃으면서 슬쩍 떠넘긴 일 때문에 덩달아 퇴근이 늦어지기도 하고, 내 잘못이 아님에도 중간에 오해가 생겨 크게 혼나기도 하고, 옆 동료가 담당한 업무를 빼먹어 줄지에 옆에 있는 제가 대신 일을 하게 되는 경우 등.

처음에는 최대한 상대방에게 맞추려고 노력했지만, 내가 상대방이 아니듯 상대방도 내가 아니었어요. 오해가 생기고, 불편한 상황이 생기고, 관계를 유지하려고 노력하면 할수록 스트레스가 쌓이고 개선되지 않는 상황에 회의감과 피로감이 몰려왔어요. 예전에는 어떻게든 그 관계를 이어가기 위해 스트레스 받아 가며 노력했는데, 점점 내가 어찌해 볼 수 없는 상황이 지속되면서 혼자서 마음의 문을 닫고 멀어지기 시작했어요.

관계 속에서 쌓이는 스트레스를 참아 가면서까지 모든 사람에게 맞추고 잘 지낼 필요는 없다고 생각해요. 그렇지만 관계에 지친 저는 그냥 무작정 마음의 문을 닫아 버렸어요. 불편한 사람과는 계속 만남을 피하고 외면했죠. 상대방과 맞지 않는 부분을 계속 곱씹으면서요.

그런 저에게 《카네기 인간관계론》(데일 카네기, 최영순 옮김, 씨앗을 뿌리는사람, 2005)의 한 구절이 크게 와 닿았어요.

> "내가 만난 모든 사람들은 어떤 면에서 나보다 우수한
> 사람들이며, 그 점에서 나는 누구에게서나 배운다.
> … 우리의 장점이나 욕구를 버리고 다른 사람의 장점을
> 찾아내려고 노력하자. 그리고 아첨 따위는 잊어버리자.
> 솔직하고 진지한 마음으로 칭찬을 하자."

'과연 나는 다른 사람의 좋은 점을 찾기 위해 노력한 적이 있

을까?'

지금껏 상대방과 나와의 안 맞는 점을 찾기에 급급했지, 그 사람의 좋은 점이나 배울 점에 관심을 기울일 생각은 못 했어요. 불편하면 피하는 게 최선이라고 느꼈거든요.

곰곰이 고민하다가 혼자 불편하다고 피했던 사람들의 장점을 하나씩 써 내려갔어요. 이미 불편하다는 편견이 있는 상태였기 때문에 객관적으로 바라보는 것이 쉽지는 않았지만, 그렇다고 불가능한 일도 아니더라고요. 일 처리가 너무 늦어 답답했던 사람은 신중한 모습이 있었고, 말이 너무 많아 불편했던 사람은 누구와도 쉽게 친해지는 친화력이 있었어요. 아주 사소한 것이라도 누구에게나 장점이 있는데 그 부분에 대해서는 두 번도 생각지 않고 무조건 피했던 저를 반성했어요.

사회생활에 있어 우리를 계속 불편하게 하는 것은 어려운 업무가 아닌 '인간관계'라고 생각해요. 다른 것 투성이인 사람들이 모인 곳이니, 너무나 자연스럽게도 모두 내 마음 같지 않겠죠. 그 때문에 나 위주로 생각하게 되고, 맞지 않는 사람을 보며 화가 나기도 하지만, 상대방을 욕하고 탓하기만 하는 것은 해결책이 될 수 없어요. 내 마음의 건강과 성장을 저해할 뿐이지요.

사회생활을 하면서 맞지 않는 사람을 무조건 피할 수는 없으니 짜증 내고 욕하기보다는 좋은 점을 찾아 배우고 성장하는 게 나를 위한 일이지 않을까요. 나쁜 감정들을 긍정적인 에너지로 바꾸는 것이니까요.

지친 인간관계에서
상대방을 싫어하는 마음으로
내 마음이 얼룩지지 않았으면 좋겠어요.

좋은 것만 보고 좋은 생각만 하기에도 부족한 세상에 미워하는 마음이 날 채우지 않기를, 상대방의 단점보다는 장점에 초점을 맞추는 우리가 되길 바라요.

Ordinary School ————————

한때

친했던 사이일 뿐

고등학교를 졸업하고 대학교에 입학하게 된 제자가 친구 관계에 대해 질문한 적이 있어요.

"선생님, 고등학교 친구들이 진짜 친구들이래요. 대학 가면 애들이 다 이기적이고 자기중심적이어서 친구 사귀기 어렵다는데 어떻게 해야 해요?"

제자의 걱정 가득한 표정을 보자, 저의 고등학교 때가 떠올랐어요. 저 또한 고등학교를 졸업하면서 친구 관계에 대한 걱정이 많았기에, 시간이 지나도 여전히 다들 비슷한 고민을 하는

구나 싶은 마음에 여러 생각이 들었어요.

'중고등학교 친구들이 평생 친구다',
'대학교 가서 만나는 사람들은 오래 못 간다'
친구 관계에 대한 이야기가 나올 때마다 항상 등장하는 얘기죠. 이런 이야기가 시간이 지나도 계속 들리는 것은 아마 학창 시절에 만난 사이는 큰 조건 없이 같은 반이라는 이유로 모여, 어울리고 유대감을 쌓았기 때문이라 생각해요. 상대방의 배경이나 상황을 평가할 틈없이, 이해하고 받아들이고, 또 그 관계가 오래가는 것을 보면 아주 틀린 말은 아닐 거예요.

그러나 제 경우 여전히 만남을 잘 이어오고 친하게 지내는 친구들 대부분은 대학교 때 만났고, 심지어 몇몇은 직장 생활을 하면서 만났어요. 주변 친구들을 떠올리면서 무조건 학창 시절 친구들이 진정한 친구고, 대학이나 사회에서 만난 사람들과는 친구가 될 수 없다는 고정관념은 나의 인간관계에 있어 커다란 벽을 세우는 것이란 생각이 들었어요.

인간관계라는 것은 내가 어느 집단에 있느냐에 따라 변해요. 불편한 사람들만 있을 수도 있지만, 마음 잘 맞는 사람들이 있을 수도 있죠. 내가 앞으로 만날 사람들은 계속해서 달라질 텐데 혼자 마음속에 벽을 세우고 고정관념을 갖는 것은 결국 좋은 사람을 만날 기회를 스스로 차단하는 것이나 다름없어요. 새로운 관계가 더 이상 형성되지 않을 테니 친했던 친구들에게 더욱 의존하는 상황이 생길 수도 있겠죠.

저도 '예전엔 친했지만 더 이상 친하지 않은 관계'에 스트레스를 받은 적이 있어요. 중고등학교 시절, 매일 연락하고 볼 정도로 친했고, 누군가 친한 친구 이름을 대 보라고 하면 다섯 손가락 안에 꼭 드는 친구였어요. 그러다가 어느 순간부터 연락이 뜸해졌고, 지금은 다시 연락하기 불편할 만큼 먼 사이가 되었어요. 이렇다 할 싸움이나 언쟁 같은 특별한 계기가 있었던 것도 아닌데 말이죠.

처음에는 마음에 돌이 걸린 것처럼, 불편하게 멀어진 이 사이를 곱씹으며 뭐가 문제였는지 고민했어요. 상대방을 탓했다가,

다시 나를 탓하기를 여러 번. 온갖 생각을 하며 관계에 힘들어했던 기억이 나요. 그렇게 친했던 친구와 사이가 멀어지고 스트레스를 받자, 새로운 사람을 만나고 싶지도, 친하게 지내고 싶지도 않아지더라고요.

그렇지만 한 살 한 살 나이를 먹고, 나의 가치관과 생각대로 삶을 살아가면서 대학교에서 직장에서 좋은 사람을 하나둘 만나게 되었어요. 생각이 맞고 결이 맞는 사람들을 만나자, 이전에 친했던 친구들과 생각의 차이가 생길 수밖에 없음을 인정하게 되더라고요. 생각의 차이가 생기면 미묘하게 멀어질 수밖에 없고, 그런 멀어짐이 누구의 잘못도 아니라는 사실을 깨닫게 되었어요. 관계에 있어 자신을 자책하고 스트레스 받을 필요가 없었던 거예요. '이전에 친했던 사이'라는 말로 그 관계는 충분하니까요.

관계에 있어 마음의 벽을 허무는 것은
우리 삶에 좋은 사람이 들어올 기회를
늘리는 일이라고 생각해요.

vlog 4.

주변에 좋은 사람이 많을수록 내 삶이 더 풍성해질 텐데, 새로운 관계에 대한 편견과 두려움으로 그런 기회까지 막는다면 우리 삶은 정체되고 단조로워질 수밖에 없을 거예요.

사회생활을 하면서 우리를 참 힘들게 하는 것은 '인간관계'지만, 힘든 회사 생활을 조금 더 즐겁게 해 주는 것 또한 '인간관계'기도 해요. 누군가로 인해 상처받고 속상하고 화가 잔뜩 나는 날도 있지만, 누군가와 이야기하고 작은 것들을 나누면서 즐거운 날도 많거든요.

모든 것을 다 이야기하고 나눌 필요는 없지만, 적어도 내가 가진 관계의 벽을 허물 수 있다면 내 삶에 좋은 사람이 늘어날 기회 또한 많아지겠죠. 내가 싫어하고 날 싫어하는 사람이 늘어나는 것보다 내가 좋아하고 날 응원해 주는 사람이 많아지는 것은 분명 멋진 일일 테니까요.

Ordinary School ────────

오해와 비난에
대처하는 법

사회생활을 시작한 지 얼마 되지 않았을 때였어요. 함께 일하던 동료 한 분이 저를 오해하고 직장 동료들에게 나쁜 이야기를 퍼뜨렸던 일이 있었어요. 처음 그 사실을 전해 들었을 때 너무 당황해서 말도 제대로 나오지 않았죠. 아무리 생각해도 크게 잘못한 것이 없는 것 같은데 왜 이런 상황이 벌어졌는지 이해할 수 없었어요.

더욱이 일한 지 얼마 되지 않았을 때라 아직 저를 잘 모르는 사람도 많았고, 근거 없는 나쁜 이야기가 계속 퍼지면 내가 소문 그대로인 사람이 될까 봐 속상하고 억울했어요. '돌아다니며 오해를 풀어야 하나', '나는 너무 억울한데' 등 여러 생각이 들었죠.

그러나 제가 잘못한 상황이 아니었고, 괜히 그 사람의 행동에 동조하여 여기저기 오해를 풀고 다니는 게 스스로 우습게 느껴졌어요. 그래서 평소와 같이 제 생활과 일에 집중하자고 결론을 내렸어요.

내 일에 집중하기로 마음을 먹었지만, 사실 마음 편히 얘기하고 의지할 곳 없는 타지에서 오해와 비난이 커지는 것을 묵묵히 견디는 것은 결코 쉬운 일이 아니었어요.

마음은 힘들었지만 주어진 일을 묵묵히 하다 보니 시간은 빠르게 흘렀고, 걱정했던 나쁜 소문은 금세 잊혔어요. 함께 일하는 동료들도 소문에 신경 쓰지 않고 저에 대해 좋은 평가를 해 주신 덕분에 좋게 1년을 마무리할 수 있었죠.

힘든 경험이었지만 덕분에 나쁜 소문과 오해는 직접 돌아다니며 해명하는 것보다 맡은 일에 집중하고, 내 삶을 통해 보여 주는 것이 가장 효과적인 해결책이라는 것을 알게 되었어요.

살다 보면 생각하지 못했던 부분에서 비난을 받거나 오해를 사기도 해요. 의도하지 않은 말과 행동에서 생긴 오해와 서운함이 비난으로 커져 이 사람 저 사람에게 전해지기도 하죠. 그러나 누군가 나에 대한 소문을 듣고 비난한다면, 처음부터 오래 지속될 수 없는 관계였을 거예요. 당사자인 나와 이야기하는 것보다 비난하는 방법을 선택한 거니까요.

오해와 비난 속에서 내가 초점을 맞춰야 하는 것은 소문을 만든 사람이나 그 소문을 믿는 사람이 아니라, 나를 있는 그대로 바라봐 주는 사람이라고 생각해요. 근거 없는 소문에 나를 비난할 사람들이라면 내가 어떤 행동을 하든 좋게 보지 않겠죠. 그런 사람들 때문에 나를 믿어 주고 좋아해 주는 사람들과 내가 집중해야 하는 삶을 소홀히 하는 것은 오히려 내 삶을 망가뜨리는 일이 될 거예요.

끊임없이 사람들을 만나고 관계를 쌓아 가는 사회에서 내 삶에 집중하고 나를 중심에 두는 것은 생각보다 어려운 일이에요. 관계 속에서 힘을 얻기도 하지만, 다른 사람들의 말에 쉽게 휩쓸리고 상처받기도 하거든요. 그래서 나를 중심에 두고 나로 온전히 설 수 있어야 해요. 내가 쉽게 흔들리고 불안정할수록 이런 성향을 악용하는 사람이 주변에 모이고, 좋은 사람들과 건강한 관계를 지속하기 어려워질 수 있어요.

하지만 중심을 잡고, 내 삶에 집중하다 보면 나를 오해하지 않고 함께하는 사람이 생기고, 그런 건강한 관계 속에서 우리는 위로받고 함께 성장해 나가요.

오해와 비난 앞에서 의연하기 쉽지 않고, '이에는 이'라는 생각으로 나를 변호하고 남을 비난하고 싶은 마음이 생기기도 하겠지만 오해와 비난에 대처하는 가장 좋은 방법은 내 삶으로 보여 주는 것이에요. 한마디 말보다 한 번의 행동이 더 강력한 법이니까요. 그리고 그런 나를 응원해 주는 사람들이 주변에 모이겠죠.

다른 사람보다 나에게 관심을 기울여 보세요.

그렇게 내 삶에 중심을 잡아갈 때

힘들고 어려운 인간관계에서

건강하고 소중한 인연을 많이 만들어 낼 수 있을 거예요.

Ordinary School ─────────

함께해서
더 좋은

─────────────

부모님과 언니, 동생, 그리고 저. 이렇게 다섯 가족인 우리 집은 늘 북적거렸어요. 언니와 동생과 친하게 지내기도 했다가 티격태격하며 지내기도 했다가. 여느 남매와 같이 좋기도 하고 나쁘기도 한 평범한 사이였어요. 그러다가 남동생이 군대에 입대하고, 얼마 있지 않아 언니도 결혼해서 다른 지역으로 가게 되었어요. 저는 대학을 졸업하고 임용고시를 준비하고 있을 때였죠.

독서실에서 밤늦게까지 공부하고 돌아온 집에는 적막함이 가득했어요. 언니와 동생이 없는 집에 부모님도 일찍 주무셨기 때문에 북적거리던 집은 그저 깜깜하고 고요할 뿐이었죠. 매일같이 출석 도장을 찍었던 독서실도 혼자 다녔기 때문에 대화다운 대화를 못 한 채 하루가 지나가는 일상이 이어졌어요.

사람을 만나지 않다 보니 더 사람을 피하게 되었고 아무도 만나고 싶지 않다는 마음으로 시간을 보냈어요. 사람을 피하고, 나를 감추고, 툭 치면 눈물이 쏟아질 것 같은 극심한 우울감을 겪으면서도 눈앞에 닥친 시험이 중요했기 때문에 저를 챙길 생각은 못 했어요. 단순히 '공부하느라 우울한가 보다'라고 생각하고 말았죠.

지금 생각해 보면 참 많이 외로웠던 것 같아요. 대학을 졸업하고 친구들과도 뿔뿔이 흩어진 상황에서 제가 할 수 있는 일이라곤 비좁은 독서실 책상에 앉아 온종일 책을 보는 것뿐이었으니까요. 시시콜콜한 대화를 나눌 친구들도, 가족들도 너무 먼 곳에 있었죠.

시간이 흘러 동생이 제대하고, 언니가 다시 이사 오고, 저는 여전히 시험을 위해 공부하는 상황이었지만 예전보다 우울함의 강도는 한껏 낮아졌어요. 소소한 이야기를 나눌 사람들이 생겼으니까요. 열심히 공부하고 돌아와 동생과 야식을 시켜 먹기도 하고, 종종 언니네 집에 놀러 가기도 하면서 혼자 끙끙 앓던 마음의 짐은 꽤나 가벼워졌어요.

이런 상황과는 조금 아이러니하게 저는 혼자 있는 시간을 좋아해요. 지나치게 다른 사람의 눈치를 보고, 기분을 맞추고, 형식적인 대화를 반복하다 보면, 어느새 그 자리에 '나'라는 사람이 보이지 않더라고요.

어색한 침묵이 싫어 이말 저말 하며 힘 빠지는 대화를 이어 나가다가, 집에 돌아오는 길엔 '오늘 말실수한 거 없나?' 하며 대화를 복기하는 자신을 보며 '차라리 혼자인 게 나아' 하고는 가방 속 저 끝으로 핸드폰을 밀어 넣어요. 이런 경험이 쌓이다 보니 약속도 먼저 잡지 않고, 사람 만나는 상황을 마냥 피했던 거 같아요. '나'를 지키고 싶어서였죠.

'나'랑만 잘 지내면 된다고 생각했는데,
'나'를 지키고 있던 시간 속에서
내가 점점 고립되어 간다는 것을 느꼈어요.

우리의 행복은
'나'로서만 이루어지는 것이 아니더라고요.
자기를 잘 챙기고
혼자의 시간에서
행복함을 느끼는 것도 중요하지만,
다른 사람들과 이야기하고
마음을 나누고
격려하면서 느끼는 행복 또한 크다는 것을
뒤늦게 깨닫게 되었어요.

장기화하는 팬데믹 상황에서 수많은 사람이 우울감을 호소해
요. 사회와 연결되어 있다는 유대감은 약해지고, 소중한 사람
들과 함께 보내는 시간 또한 급격하게 줄었죠. 덕분에 넷플릭
스와 유튜브 등 여러 서비스가 고독함을 달래 주긴 하지만, 이

러한 서비스로 인해 우리의 우울감과 외로움이 완전히 회복되지는 않아요.

결국 우리에게 필요한 건 '사람'이라는 생각이 들었어요. '인간은 사회적 동물이다'라는 얘기가 있죠. 인터넷에 검색해 보니 "인간은 개인으로 존재하고 있어도 홀로 살 수 없으며 사회를 형성하여 끊임없이 다른 사람과 상호작용을 하면서 관계를 유지하고 함께 어울림으로써 자신의 존재를 확인하는 동물이라는 의미"라고 나오더라고요(〈두산백과〉 참조). 우리는 본능적으로 다른 사람과 상호작용하고, 그럼으로써 자신의 존재를 확인하는 존재인 거예요.

때문에 우리의 행복에도 '사람'은 필수 불가결한 요소라는 생각이 들었어요. 우울함에 도움이 되는 것은 혼자 방에 누워 넷플릭스를 보는 것이 아니라, 좋은 사람들을 만나서 나누는 따뜻한 대화일 테니까요.

물론 모든 관계가 긍정적이고 날 위로해 주는 것은 아니에요.

사람을 만나면서 눈치 보고 스트레스를 받고 '내'가 사라지기도 하는 경험을 하면서 저에게 '사람'은 상처와 같은 존재이기도 했거든요.

그렇지만 외로웠던 고시 생활에 가족들이 큰 위로가 되었던 것처럼 우리 삶에 소중한 사람들이 주는 힘은 아주 커요. 상처를 받을 때도, 속상할 때도 많지만 위로를 얻고 힘을 얻게 되는 경우도 참 많으니까요.

행복하기 위해 혼자만의 시간을 보내고, '나'를 아는 것 또한 매우 중요하지만, 우리의 행복은 결코 혼자 완성하는 것이라고 생각하지 않아요. 내 주변 사람들과, 나와 관계를 맺고 있는 사람들과 단단하게 연결되고 상호작용하면서 함께 그 행복을 확장해 나가는 것이죠.

주변에 응원하고 응원 받을 수 있는 관계가
많았으면 좋겠어요.
서로 마음과 생각을 나누고 격려하면서

함께 성장하는 관계 말이죠.

이미 주변에 그런 사람들이 있다면 마음을 아끼지 말고, 사랑과 애정을 듬뿍 나누세요. 함께할 때야말로 내 행복이 커질 테니까요.

Ordinary School ————————————

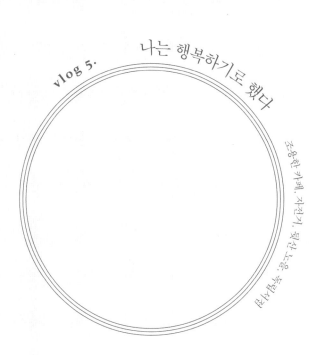

vlog 5.

나는 행복하기로 했다

조용한 카페, 자전기, 물소리는 듣는 거 ···

내 행복엔
큰돈이 필요하지 않아

어릴 적에 생각한 행복한 삶이란 돈 걱정 없는 부유한 삶이었어요. 일 년에 한두 번 정도는 쉽게 해외여행을 떠나고, 로고만 봐도 알아차릴 수 있는 고가 브랜드의 옷과 가방을 가지고 다니며, 가격표는 크게 신경 쓰지 않고 양 적고 맛있는 음식을 주문하고, 내 명의로 된 좋은 위치의 쾌적하고 넓은 집을 소유하는 것. 이런 삶을 살 수 있으면 꽤 행복하고 걱정 없겠구나 하고 생각했죠.

사실 어느 정도 안정적인 삶을 살기 위해서 돈은 참 중요해요. 내가 지내는 곳, 내가 먹는 것, 내가 입는 것. 다 돈이 필요하니까요.

특히 행복하다고 생각하는 삶을 살기 위해서는 돈이 필수적이에요. 머무는 곳은 북유럽 가구로 근사하게 꾸미고 채광이 잘 들어야 하고, 먹는 것은 고급 식재료로 맛있게 만들어야 하고, 입는 것은 센스 있고 유행에 발맞추는 것들이어야 더 행복감을 느낄 수 있다고 생각하거든요. 그래서 우리는 이 행복을 살 수 있는 돈을 벌기 위해 계속 일하고 돈을 갈망해요.

날씨 좋은 연휴에 특별한 약속 없이 혼자서 즐겁게 자전거도 타고 책도 읽고 집에 들어왔는데 SNS에 여기저기 여행 간 사람들의 모습이 보였어요. 순간 내가 보낸 연휴가 초라하고 재미없게 느껴지더라고요. '다들 이렇게 재미있고 즐겁게 보내는구나' 하는 생각에 마음이 우울해졌어요.

분명 나도 즐거운 시간을 보냈는데 왜 우울해진 건지 곰곰이 생각해 보았어요. '와, 이 사람은 이런 곳을 갔네. 예쁘다. 부럽다'라는 생각이었어요. 똑같이 좋은 곳, 멋진 곳을 가고 싶었지만 돈이 많이 드는 일이라 미루었는데, 다른 사람들의 여행 사진을 보니 상대적으로 나만 '돈'이라는 상황에 묶여 행복을 미루는 것 같아서 초라한 마음이 들었던 거였죠. 내가 갈망하는 행복엔 돈이 필요하다고 생각했으니까요.

그런데 문득 '돈이 없으면 행복할 수 없는 건가' 싶더라고요. 굳이 여행을 가지 않더라도, 가까운 곳에 가서 즐기고, 행복감을 느낄 방법이 많을 텐데 '돈'과 연관시키면서 그냥 내 행복을 유예하는 건 아닌가 싶었어요. '이건 돈이 많아야 할 수 있는 일이야'라고 혼자 합리화하면서요.

물론 돈이 있으면 행복한 일도 많겠지만, 행복이 '돈'이라는 외부 요인에 맡겨지면 내 행복은 일시적일 수밖에 없어요. 우리의 상황은 시시각각 달라지고 돈이 많아질 수도 적어질 수도 있으니까요. 그래서 돈이 있든 없든 어떤 상황에서든지 스스로 행복할 수 있어야 한다고 생각해요. 내 행복이 꼭 '큰돈'이 필요한 일이 된다면, 크게 마음먹고 여행을 떠나거나, 몇 달간 갖고 싶었던 명품 가방을 구매할 때 외에는 행복할 수 있는 날이 없겠죠.

큰돈이 필요하지 않지만
날 행복하게 하는 일들은 무엇인지 찾아보았어요.

친구와 함께 바람을 가르며 자전거를 타고,
한적한 카페에 앉아 맛있는 커피를 마시며 좋아하는 책을 읽고,
가까운 산에 올라 노을을 바라보는 사소한 일들에서
'아, 행복하다'라는 마음을 느끼는 자신을 보자,
지금까지 내가 얼마나 중요하지 않은 것들에
온 신경과 돈을 쓰며 살았는지 생각해 보게 되더라고요.

남의 행복이 나의 행복보다 더 크고 거창해 보일 수 있어요. 자전거도 타고 책도 읽으며 좋은 시간을 보냈지만 다른 사람의 여행 사진에서 초라함을 느낀 것처럼요.

하지만 행복은 강도보다 빈도가 더 중요하다고 해요.

로또에 당첨되는 것처럼 엄청나게 큰 행복을 경험한다고 해도, 시간이 지남에 따라 행복의 강도는 점점 약해지거든요. 남의 행복이 내 행복보다 강도가 더 세서 부럽고 거창해 보일 수 있 겠지만, 우리 삶을 더 자주 행복하게 해 주는 것은 일상에서 쉽 게 찾는 작은 행복이라고 생각해요. 강도가 세진 않지만 매일 일어나는 작은 일에서 느끼는 행복은 우리를 더 단단하게 만들 거예요.

우리의 행복에 큰돈이 들지 않았으면 좋겠어요.
돈이 많건 적건
자주, 충분히 행복할 수 있도록 말이죠.
조금만 주의를 기울인다면
사소하지만 행복한 일이 훨씬 많을 거예요.
행복은 우리 마음먹기 나름이니까요.

Ordinary School ────────────

나의 행복 리스트 찾기

일상에서 느끼는 즐거움이 많을수록 우리의 행복감은 더 커진다고 믿어요. 특히 큰돈이 들지 않는다면, 아예 돈이 안 드는 일이라면, 돈 걱정 없이 더 자주 행복해지겠죠.

그래서 제가 생각하는 행복 리스트를 적어 보았어요. 여러분만의 행복 리스트를 만들어 보는 것도 근사한 일일 거예요.

돈 걱정 없이   - 동네 산책
즐길 수   - 도서관에서 책 읽기
있는 것   - 뒷산에서 바라보는 노을
                     - 내가 만드는 나만의 플레이리스트

만 원 미만으로 즐길 수 있는 것	- 조용한 카페 가서 보내는 나만의 시간
	- 자전거 타기(공공 자전거 이용)
	- 아무 버스나 타고 떠나는 버스 여행
	- 공원에서 갖는 작은 피크닉
	- 좋아하는 디저트 만들어 보기
	- 빵 쇼핑, 식료품 쇼핑

1~2만 원으로 즐길 수 있는 것	- 대형서점도 좋지만, 사장님의 취향을 엿볼 수 있는 독립서점 탐방
	- 혼자서 도전해 보는 맛있는 식사
	- 영화관 가서 보는 좋아하는 영화
	- 집에서 즐기는 와인과 치즈

힘든 상황을
즐길 수 있다면

몇 년간의 임고 준비 끝에 기간제 교사로 타지에서 첫 교직 생활을 시작했어요. 졸업 후에 시험을 준비하느라 공백이 길었고, 교직 경력도 없었기에 기간제 교사 자리를 구하는 것도 쉬운 일이 아니었어요. 수십 통의 서류를 제출한 끝에 합격 통지를 받은 곳은 연고 없는 시골의 작은 학교였고, 제가 맡은 업무는 기숙사 사감이었죠.

퇴근 없이 학교 업무 시간이 끝나면 교무실을 나와 스무 발자국 남짓 떨어진 기숙사의 작은 사감실로 출근했어요. 아침에는 직접 기상 종을 울리며 기숙사 업무를 시작하고, 낮에는 학교에서 수업했다가, 밤에는 학생들 점호와 생활지도를 하는 일상이었죠.

생활은 기숙사 안에 있는 방 한 칸짜리 작은 사감실에서 했기 때문에 학생들이 돌아다니는 소리나 전화벨 소리에 중간중간 잠을 깬 적이 한두 번이 아니었어요. 휴일 저녁에는 학생들이 다음 날 등교를 위해 기숙사에 들어오기 때문에 저의 휴일 또한 온전한 휴식 없이 일찍 끝났죠. 제대로 잠을 못 자고 여기저기 스트레스 받는 환경에서 제가 할 수 있는 일은 이 시간이 빠르게 흐르기만을 간절히 바라는 것뿐이었어요.

그렇게 한 해를 보내고 살던 지역으로 돌아와 새로운 학교에서 기숙사 업무 없이 학교 일을 하는데, 퇴근할 수 있다는 사실 하나만으로도 감격스러울만큼 행복하더라고요. 수업 시수가 많아도, 11시까지 야간 자율학습 감독을 해도, 주말에 연수가 잡혀도 예전처럼 삶이 고달프게 느껴지지 않았어요. 한밤중에 깰 걱정 없이 편히 쉴 집이 있고, 학생들 점호하느라 밤에 스트레스 받지 않아도 되고, 휴일을 온전히 보내며 다음 날을 준비할 수 있다는 것이 이렇게 큰 행복인지 힘들었던 첫해의 경험을 통해 알게 되었죠.

첫해에는 모든 것이 고통스러워서 빨리 벗어나고 싶었는데, 그런 과정을 겪고 나자, 이후에 마주하는 업무들에선 크게 스트레스를 받지 않고 넘어갈 수 있게 됐어요. '왜 나는 이렇게 힘들지' 하며 상황을 원망했지만, 이런 푸념이 무색할 정도로, 힘들었던 경험은 단단한 디딤돌이 되어 또 다른 힘든 상황에 의연하게 대처하도록 하더라고요. '에이, 뭐 그때만큼 힘들겠어?' 하면서 이겨내는 마음의 힘이 생긴 것이죠.

그제야 내 마음을 살펴볼 수 있었어요. 무조건 '미래에 위로가 되니까 지금 버텨야 한다'가 아니라, 내 마음에 조금 여유가 있었으면 어땠을까 생각해 보는 거예요. 피하고만 싶었던 상황이었지만 내가 조금 더 그 시간을 즐길 수 있었다면, 타지에서 생활하는 일상을 영상으로 담아 보기도 하고, 맛있는 식당이나 좋아하는 카페들도 많이 찾아보면서 주어진 시간을 감사하게 살아갈 수 있지 않았을까요?

풍성한 마음으로 새로운 경험을 쌓을 기회였을지도 모르는데, 힘들다는 생각에만 빠져 그냥 빠르게 지나가기만을 바란 것이 조금 아쉬워요.

니체는 "그대의 운명이 평탄하기를 바라지 말고 가혹할 것을 바라라"라고 말해요. 지금까지는 단순히 힘든 일 없이 즐거운 일이 가득한 것을 행복이라고 생각했는데, 니체가 말하는 '고통 속에서도 자신을 고양시키고 성취하는 행복'에 대해 알게 되자, 행복에 대한 저의 생각도 조금 달라졌어요. 내가 계속 성장해 나가는 삶이 행복이라는 생각으로요.

날 무너뜨리고 주저앉게 만드는 힘든 상황을 좌절하지 않고 성장할 기회로 생각하며 기뻐하는 것이 결코 쉬운 일은 아니죠. 그렇다고 우리가 처한 상황을 180도로 바꾸는 것 또한 가능한 일은 아닐 거예요. 이런 상황에서 우리가 할 수 있는 일은 니체

의 말처럼 힘들고 어려운 순간을 통해 성장하고 단단한 사람이
될 수 있도록 무던히 노력하는 일이라고 생각해요.

삶이란 것은 우리가 처음 생각했던 모습만 있는 것이 아니에
요. 우리가 원하는 방향으로 흘러가기만 하는 것도 아니지요.

처음 기간제 교사 합격 통지를 듣고 너무 기뻤지만, 기숙사 사
감을 하면서 매일같이 힘들었던 때는 그저 모든 것이 원망스러
웠으니까요. 그렇지만 나중에는 기숙사 업무를 경험한 덕분에
다른 힘든 일은 다 감사하게 느낀 것처럼 결국 우리 삶은 고통
을 어떻게 마주하고 어떤 마음으로 살아가느냐가 중요하다고
생각해요.

힘든 상황을 원망하고 자책하기보다는
니체의 말을 떠올리며
'고통이 날 성장시키는 기회구나'라고 생각할 수 있다면,
이 세상을 살아가는 것이
그렇게 무섭고 두렵지만은 않을 거예요.

무슨 일이 닥쳐도, 결국은 날 성장시키는 일일 테고, 힘든 일을 겪고 나면 그 이후의 일은 오히려 편하게 느낄 수도 있으니까요. 니체 같은 철학자는 될 수 없겠지만, 시련과 고통 속에서 성장하는 내가 되길 꿈꾸며.

Ordinary School

그래, 여긴 제주도야

작은 시골 마을에서 너무 힘들었던 저는 '여긴 제주도야!'라고 생각하기로 마음먹었어요. 비록 바다는 없지만, 바다와 멀리 떨어진 제주도 내륙이라고 생각하는 거죠.

'나는 제주도에 와 있고, 조금만 나가면 푸르른 애월 앞바다가 나올 거야. 어차피 제주도에 있더라도 평일엔 일해야 해서 바쁘니까 제주도민이라는 마음으로 오늘도 열심히 살자.'

스스로 거는 최면이지만, 효과가 꽤 좋았어요. 도시에서 나고 자란 저에게, 낯선 시골 생활은 꽤 버거웠거든요. 그렇지만 '제주도'라는 단어 하나가 붙자, 버스도 몇 대 다니지 않고 상점도 거의 없는 이 시골 마을이 제주도 내륙에 있는 고즈넉한 마을처럼 느껴졌어요. 마치 여행 온 느낌도 들고요.

싫어하는 것 중에서 좋아하는 것을 찾는 것이 하나의 방법이 돼요. 저는 '낯선 시골'이라는 것이 싫었는데, 낯선 시골 중에서도 좋아하는 곳이 어디 있을까 했더니 '제주도'가 있더라고요. 제주도는 낯선 시골이지만 좋아하는 곳이니, 내가 머무는 이곳을 '제주도'라고 생각하고 나서는 꽤 마음이 편해졌어요. 힘든 곳을 무조건 좋아할 순 없지만, 내가 처한 상황을 조금 더 부드럽게 헤쳐 나가기 위해서는 이런 귀여운 최면도 필요한 법이죠. 우리의 상상력을 맘껏 발휘해봐요!

다 나누고
왔습니다

When I stand before God at the end of my life,

내가 삶의 마지막에 하나님 앞에 선다면,

I would hope that I would not have a single bit of

talent left,

내가 가진 재능을 조금이라도 남겨 놓지 않았기를 바랍

니다.

and could say,

그리고 이렇게 말할 수 있길 바라요.

'I used everything you gave me.'

'당신이 주신 모든 것을 제가 다 사용했습니다.'

- Erma Bombeck

종종 인생의 끝에 대해 생각해요. 삶을 마감하고, 신 앞에 섰을 때 내 모습은 어떨지 나름대로 상상의 나래를 펼쳐 가며 생각하는 것이죠. 어떤 질문을 받을지, 어떤 대답을 할 것인지. 과연 나는 나로 산 삶에 미련이 많을지 아니면 충분히 만족스러울지.

어떤 모습일지 명확히 알 수는 없지만 바람이 있다면 주신 재능을 다 사용하고 왔노라고 말하고 싶어요. 하나도 남김없이, 주셨던 재능 다 긁어 썼다고. 그래서 아쉬움 없는, 즐거운 인생이었다고 세상과 멋진 작별 인사를 할 수 있길 바라요.

다시 현실로 돌아와 우리의 모습을 바라보면 안타깝기 그지없어요. 업무에 치이고, 집안일에 치이고, 인간관계에 치이고, 셀수 없이 많은 일에 치여 바쁜 하루하루를 보내다 보면 우리 삶의 본질과 목적은 서서히 머릿속에서 설자리를 잃어 가요. 멈춰 서서 고민하지 않으면 우리 삶은 그냥 톱니바퀴같이 쇳소리를 내며 의미 없이 굴러가겠죠.

그래서 잠시 멈춰서 생각을 정리해 보았어요.

나는 어떤 삶을 살고 싶은 걸까.

어떤 방향으로 가야 맞는 걸까.

어떻게 살아야 조금 더 행복하고 풍성한 마음으로 살 수 있을까.

아이러니하게도 이런 고민 끝에 떠오른 단어는 '나눔'이더라고요. 온 세상 사람들의 불행 속에서 나 혼자 잘 사는 것이 저에게는 마냥 행복한 인생이라는 생각이 들진 않았어요. 따뜻한 마음으로 함께 나누고 도우며 사는 것이 내가 나아가고 싶은 삶의 방향이니까요.

'나눔'이라는 단어만 들으면 단순히 물질적인 기부만을 생각할 수 있어요. 기부하는 것도 물론 중요하고 귀한 일이지만 '나눔'을 물질에 국한해 생각하지 않았으면 좋겠어요. 눈에 보이지 않아도 나눌 수 있는 것은 많아요. 마음을 나눌 수도 있고, 재능을 나눌 수도 있죠.

특히 우리가 가진 재능을 나누는 삶은 얼마나 멋질까 싶어요. 내가 돈이 많건 없건, 신이 주신 재능으로 마음을 전하고 다른 사람을 도울 수 있으니까요.

우리는 모두 크든 작든 각자만의 재능을 갖고 있어요. 그 재능이 어떤 직업으로 귀결되어 두드러지지 않더라도, 삶에서 각자의 재능을 충분히 발휘할 수 있죠. 기부금의 액수가 크든 작든 귀한 가치로 사용되는 것처럼, 재능 또한 크든 작든 다른 사람들에게 나눌 때 한껏 빛을 발해요.

요리를 잘하는 사람이
가족과 친구들에게 맛있는 음식을 해 주는 것
운동을 잘하는 사람이 친구의 운동을 도와주는 것
경청을 잘하는 사람이
누군가의 고민을 공감하며 들어 주는 것 등

엄청나게 거창한 '재능'이 필요하지 않아요. 그냥 내가 조금 더 좋아하는 것, 내가 조금 더 잘하는 것이면 충분해요. 나눔이라는 것은 그 자체로 귀하니까요.

우리가 가진 재능을 나눠서 다른 이들에게 도움이 되는 순간을 경험한다면, 그 경험이 쌓여 우리 삶의 의미를 만들 수 있다고 믿어요. 내 삶을 사랑하며 하루하루 최선을 다할 수 있게 하죠. 그렇게 우리는 한층 성장하며 조금 더 삶의 본질과 목적에 초점을 두는 삶을 살 수 있을 거예요.

그래서 우리의 재능은 무엇인지 생각해 보았으면 좋겠어요. 아주 작아도 좋아요. 듣는 것을 잘하든, 청소를 잘하든, 자전거를 잘 타든. 그리고 그 재능을 나눌 방법이 무엇이 있을지 생각해 보는 거예요. 재능 기부 플랫폼에 등록할 만큼 대단한 것이 아니더라도, 가까운 주변 사람들에게라도 나눌 수 있다면 분명 우리의 삶은 조금 더 반짝일 거예요.

저는 제 삶의 방향이 나누는 삶으로 향하면 좋겠어요.

특출 나게 잘한다고 할 만한 일은 없지만, 영상을 만드는 것, 글을 쓰는 것, 학생들을 가르치는 일을 선한 방향으로 다른 사람들과 나누는 삶이길 바라요.

한 번 살아가는 인생에서, 가진 재능을 나누기 위해 있는 힘껏 노력하고, 삶의 마지막에 "주신 거 다 쓰고 왔습니다"라고 자신 있게 얘기할 수 있는 삶이길 바라거든요.

우리의 삶은 나눌 때야말로
어떤 보석보다 더 반짝일 테니까요.

Ordinary School ────────

리뷰 남기기

엄청난 것이 아니더라도 남에게 도움이 될 만한 작은 일이 뭐가 있을까 생각하는 것이 나눔의 시작인 거 같아요. 그중 하나가 저에게는 '리뷰 남기기'예요. 식당의 영수증 리뷰나 쇼핑몰 리뷰를 꼼꼼하고 정성스럽게 남기는 것이지요. 웬만하면 칭찬과 긍정적인 말들로요. 사실 리뷰를 남기는 일이 너무 뜬금없어서 이게 과연 '나눔'이 될까 생각할 수도 있어요. 리뷰를 자세하게 남긴다고 해서 누군가의 삶이 달라지거나 인생이 바뀌는 것은 아니니까요. 그렇지만 누군가의

체나레 HPM 멜라민 라미네이트 화이트 타원형 라운드 카페 식탁 테이블 4인 6인 8인
[스마트스토어] 체나레 수제작 원목가구
상판사이즈: 1600 / 다리색상: 내추럴

★★★★★ 5

집에 놓을 큰 테이블을 찾다가 체나레가 가격도 합리적이고 디자인이 예쁘더라구요. 직사각형은 너무 사무적인 공간이 될 거 같아서 타원형으로 했는데 부드러운느낌이라 정말 마음에 들어와요. 1. 배송 생각보다 정말 일찍 왔어요! 일요일에 주문했는데 그 주 수요일쯤 받으니까 거의 바로 배송해주신 거 같아요. 박스 안에 스티로폼이랑 뽁뽁이로 꼼꼼하게 싸주셔서 파손 없이 잘 왔어요. 2. 조립 쉽습니다 여자 혼자 1600사이즈 했는데 무거워서 그렇지 다리만 조립하면 되는 거라 편하더라구요. 3. 마감 마감은 다른 리뷰에서 조금 아쉽다고 들어서 감안하고 사포 준비했는데 크게 다시 다듬어야할 곳은 많지 않았던 거 같아요. 그치만 중간중간 나무결이 튀어나온 부분이 있어서 신경쓰긴 그냥 만졌으면 조금 다칠 거 같긴 하더라구요ㅠ 받으면 꼭 꼼꼼하게 보셔서 사포로 다듬어주셔야할듯요! 4. 총평 가격대비 디자인이나 마감, 튼튼함 다 만족스러워요! 엄청 고급스러운 원목 느낌은 아니지만 20만원 안하는 가격에서(모던***에서 1700이 25만원인 거 감안했을 때) 이 정도면 훌륭하다고 생각해요. 마감이야 내가 조금 사포질하면 되는 거고 배송비도 비싸지 않고(다른데는 지방은 더 비싸더라구요) 실용적이고 디자인도 좋아서 자취생이나 1-2인 가구에는 강추하고 싶어요!

접기 ^

직원분들이 너무 친절하셔서 자세한 설명듣고 구매할 수 있어서 좋았어요!

진짜 꿀맛이에요!! 마들렌이랑 휘낭시에 좋아해서 여기저기 많이 먹어봤는데 여기가 최고인 거 같아요. 밀크티 마들렌이랑 솔티 피스타치오 먹었는데 너무 맛있어요ㅠㅠ 가까웠으면 매일 갔을듯

🍞 빵이 맛있어요   👍 가성비가 좋아요

한 끼 식사에, 누군가의 구매에 조금이나마 도움이 된다면 나의 리뷰가 꽤 의미 있는 일이 될 거예요. 때로는 맛있는 식사에, 친절한 서비스에 감사 인사를 전하는 좋은 기회가 되기도 하고요.

'리뷰 남기기'를 추천하는 이유는 어떠한 특출난 재능을 요구하지 않기 때문이에요. 사진을 잘 찍을 필요도, 훌륭한 글솜씨도 필요 없이 누구나 할 수 있는 일이기 때문에 의미가 있어요. 아주 작은 일이지만 남에게 도움이 되고 영향을 미칠 수 있는 귀한 일이거든요.

아름다운 가게 기부하기

미니멀리즘이 폭발적인 인기를 얻으며 많은 사람이 '버리기'에 초점을 맞추는 것을 볼 때마다 '버리는 물건들은 다 어디로 가는 걸까'라는 생각을 하곤 해요. 그냥 쓰레기통으로 가는 것인지 아니면 중고 시장에서 거래가 되는지, 괜스레 물건의 행방에 관심을 두고 이리저리 생각해 보게 되죠.

저는 취미가 많고, 여러 가지 물건에 관심이 많은 사람이라 미니멀리스트가 되기에는 역부족이에요. 그렇지만 집을 정리하면서 '비움'이 얼마나 중요한 것인지 다시 한번 깨달아요.

'비움'이 있어야 '채움'이 있는 것이고, 주변의 물건이 단순해졌을 때, 내 삶 또한 간결해지고 중요한 것에 집중할 수 있음을 깊게 공감하거든요.

제가 사는 집에는 여전히 물건이 많지만, 한 번씩 안 쓰는 물건을 정리할 때면 '나에겐 필요하지 않지만, 누군가에게는 필요할 수 있다'는 생각을 해요. 아무리 봐도 멀쩡한데 그냥 버리기엔 아까운 것투성이거든요.

멀쩡하지만 오랫동안 사용하지 않았던 물건들은 정리해서 '아름다운 가게'에 가요. '아름다운 가게'는 중고물품을 기부받고, 기부받은 물품들을 다시 판매해 자선이나 공익사업을 하는 단체예요. 중고물품을 기부한 기부자들에게는 소득공제 혜택을 주고, 사람들이 기부한 다양한 물건들을 저렴한 가격에 살 수 있는 곳이기도 하지요. 필요하지 않은 물건들을 중고 시장에 파는 것도 좋은 방법이지만, 하나하나 사진을 찍어 올리고 따로 만나 거래해야 하는 등 불편한 점도 많아요.

그래서 저는 한 번에 물건을 정리해서 기부하는 '아름다운 가게'를 애용하는 편이에요. 중고 시장처럼 물건을 팔고 받는 금전적 혜택이 없긴 하지만, 나에게 더 이상 필요하지 않은 물건들이 '기부'되어 또 다른 좋은 일에 쓰인다는 게 꽤 큰 뿌듯함으로 다가오기도 해요.

사실 우리는 '기부'라는 단어에 익숙하지 않아요. 기부 꽤 한다고 뉴스에 나오는 사람들을 보면 몇천만 원, 몇억 원씩 기부하는데 나와는 그저 먼 이야기 같거든요. 그렇지만 앞서 얘기했듯 좀 더 풍성하고 행복한 삶을 위해서 필요한 것은 '나눔'이고, 나눔에는 크고 작은 것이 없지요.

환경오염이 심각하고, 쓰레기 문제로 골머리를 앓는 현대 사회에서 내가 사용하지 않는 물건을 그냥 버릴 것이 아니라 기부해서 재사용한다는 게 얼마나 멋진 일인지요! 물건을 정리하고 분류해서 기부하러 가는 그 수고로움을 감당하는 마음만으로도 이미 충분히 '부지런함'이라는 멋진 재능을 가지고 있는걸요. 내가 기부하는 것이 누군가에게 유용하게 쓰인다면 그것이 궁극적으로 나눔을 실천하는 일이라 믿어요.

버리지 말고 기부해요, 우리!

내가
행복했으면 좋겠어

모든 직장인이 그렇듯 저도 자주 업무에 치이고, 야근하고, 스트레스를 받으며 하루하루를 살아가요. 특히 아주 바쁠 때는 남아서 일을 해야 하는 까닭에 오랜만에 잡은 약속도 취소하고 지쳐서 퇴근하는 하루를 반복하죠.

이렇게 몸이 스트레스를 받고 지쳐 있을 때는 마음도 함께 약해져서 여러 자극에 쉽게 노출되고 별거 아닌 일을 크게 확대해서 느끼게 돼요. 일주일 영상을 편집하면서 보는데, 제 삶이

'참 단조롭구나' 하는 생각이 들더라고요. 아침 먹고, 출근하고, 책 읽고. 평소 같았으면 평범하고 단순해서 좋아했을 내 일상이 무척 지루하게 느껴졌어요. 온갖 매체에 보이는 다른 이들의 삶은 한껏 대단해 보이고, 본업을 즐기며 여유롭게 주말을 보내는 사람들과 생업에 치여서 허덕거리는 내가 비교되어 한없이 초라한 기분을 느끼기도 해요.

타인의 삶을 보며 '나도 저렇게 살아야지' 하고 건강한 동기 부여를 받기도 하지만, 그런 순간이 '나는 이 모양인데 저 사람은 좋겠다' 하는 비합리적인 부러움으로 변하는 순간, 우리 삶은 한없이 초라해져요. 보이는 것이 다가 아니라는 것은 너무나 잘 알지만 반짝이는 누군가의 삶을 바라보며 상대적으로 내 삶을 보잘것없이 느끼는 건 타인의 삶을 쉽게 관찰할 수 있게 된 오늘날의 꼬리표처럼 따라다니는 모순적 감정이겠죠. 단조롭고 별 볼 일 없는 내 삶에 대해 구시렁거리다가 문득 이런 생각이 들었어요.

나는 왜 반짝이는 타인의 삶을 부러워하는 걸까.

결국 내가 조금 더 행복해지길 바라는 거 아닐까.

타인의 삶이 부러운 이유는 그런 삶을 살면 좋을 것 같기 때문이에요. 즉, 그런 삶이 행복한 삶일 것이라는 추측 때문이기도 하죠. 궁극적으로 우리가 원하는 것은 단순히 '타인의 반짝이는 삶'이라기보다는 '나의 행복한 삶'이라는 생각이 들었어요. 타인의 삶이 행복해 보이기 때문에 부러워하는 것일 테니까요.

내 삶이 행복하길 바라는 마음. 결국 '내가 내 삶을 사랑해서' 생기는 마음이라고 생각해요. 내가 내 삶을 사랑하지 않는다면, 이 삶이 빛나건, 보잘것없건, 행복하지 않건 신경 쓰지 않고 '그냥 원래 이런가 보다' 하고 하루하루를 의미 없고 무기력하게 살아갈지 몰라요.

그렇지만 우리는 우리가 사는 이 삶을 사랑하기 때문에, 아끼기 때문에 더 좋은 것을 주고 싶은 마음이 들어요. 내가 사랑하고 아끼는 이 삶이 조금 더 나아지고 행복해지길 바라는 마음에 타인의 삶을 동경하고 욕심내는 것이죠. 그러니 타인의 삶을 보며 초라해지는 마음을 너무 무시하고 밀어내지 않았으면 좋겠어요.

'마음이 건강하지 않아서',
'남과 비교하는 열등감에 빠져 있어서'
라고 생각하기보다는
'내가 나를 많이 사랑해서',
'조금 더 행복했으면 해서'라는 마음으로
내 마음을 쓰다듬어 주면 좋겠어요.
내가 행복하길 바라는 소중하고 귀한 마음이니까요.

오늘도 저는 별 특별할 것 없는 단조로운 하루를 보내요. 매일 정해진 시간에 일어나서 아침을 챙겨 먹고, 출근하고, 일하고, 다시 퇴근하고. 중간중간 틈틈이 책을 읽다 잠드는 별것 없는 소소한 하루.

자랑할 만한 명품백도, 근사한 호캉스도, 고급 레스토랑에서의 식사와도 거리가 먼 삶이지만, 반짝거리지 않더라도 내가 살아

가는 일상의 단순한 부분들이 날 조금 더 나다워지게 만든다고 믿어요.

우리 스마트폰의 작은 창에서 보이는 남들의 행복하고 멋져 보이는 삶을 맘껏 부러워해요. 그리고 부러운 만큼 내가 사랑하는 내 삶을 어떻게 하면 조금 더 행복하게 만들지도 함께 고민하면 좋겠어요. 다른 사람의 어떤 부분이 부럽고, 내 삶의 어떤 부분이 나아지면 좋겠는지 생각해 보는 거죠.

타인에게만 향하던 부러움의 시선을 나에게 돌려, 얼핏 보면 단조롭고 지루할 수 있는 일상에 나에게 맞는 특별한 일들을 더해 본다면, 전혀 초라하지 않고 반짝거리는 하루하루가 될 거예요.

명품백은 아니지만 책 한 권 넣기 넉넉한 에코백,
호스트의 취향을 엿보고 느낄 수 있는 에어비앤비,
계절을 느끼며 제철 재료로 만든 정성 가득한 음식

밖으로 향하던 시선을 나에게 두고
삶을 사랑하는 마음으로 일상을 살아간다면,
따분한 내 일상에 기억하고 싶은 순간이
훨씬 많아질 거예요.

내가 조금 더 행복할 수 있게.
나다운 하루하루에서 행복할 수 있도록.

Ordinary School ───────────

나를 주저앉게 한 것들이
나의 날개가 되어주기를

삶에서 우리는 수많은 모순을 만나요.

행복한 듯 불행하고, 불행한 듯 행복한 삶.

삶이라는 것은 내가 체험한 일련의 경험이 쌓여 계속해서 변형
되고 달라지기에 수많은 모순을 만나는 것이 당연한지도 몰라
요. 살면서 정답이었던 것들이 오답이 되고, 오답이었던 것이
정답이 되는 것을 경험하게 되니까요.

행복한 삶을 바라는 마음에 이것저것 고민도 해 보고 생각도 해 보지만 삶의 수많은 형태에 고민은 깊어지기만 해요. 과연 어떻게 살아야 행복한 삶인 걸까요? 고민하는 저에게 양귀자 작가님의 소설 《모순》(쓰다, 2013)의 한 구절이 마음을 파고들었어요.

> 단조로운 삶은 역시 단조로운 행복만을 약속한다.
> 인생의 부피를 늘려 주는 것은 행복이 아니고 오히려 우리가 그토록 피하려 애쓰는 불행이라는 중요한 교훈을 내게 가르쳐 준 주리였다.

인생의 부피를 늘려 주는 것이 우리가 피하고 있던 '불행'이라는 말을 보고, 삶에 찾아왔던 수많은 불행과 슬픔이 떠올랐어요. 온갖 좌절과 열등감, 슬픔, 분노, 원망. 당시에는 정말이지 이런 불행에 파묻혀서 금방이라도 질식할 것 같았고, 지난 나의 모든 결정과 선택을 후회하며 삶을 원망하기만 했는데 우습게도 지금 생각해 보면 결국 내 삶의 부피를 늘려 준 것은 이런 불행이라는 것에 공감하게 되더라고요.

분명 행복하게 살고 싶어서 공부하고, 일하고, 삶을 살아가는 것일 텐데, 내 삶의 깊이를 만들어 주는 것은 행복했던 순간보다 슬프고 힘들었던 순간이라는 사실이 엄청난 모순으로 다가와요. 그렇다고 이 모순이 우리가 '불행하게 살아야 한다'고 얘기하는 것은 아니에요. 우리의 마음가짐에 관한 것일 테니까요.

우리는 삶에서 계속해서 힘든 순간들을 마주하게 돼요.
열심히 달려 목표하는 바를 이루고, 꿈꾸던 정상에 오르기도 하겠지만 그렇다고 이후의 삶이 계속 평탄하기만 하진 않을 거예요. 또 다른 시련이 찾아올 수 있고, 이루었던 성취가 흔들릴 수도 있어요. 내가 가는 길이 매번 정답이지도 않을 테고, 내가 내리는 결정이 항상 옳은 것도 아니겠지요.

그렇지만 우리가 가는 길에 겪는 좌절과 슬픔의 순간들이 분명 우릴 더욱더 깊이 있게 만들 거예요. 실패 속에서 배우는 것처럼 좌절과 슬픔을 겪으면서 계속해서 성장할 기회를 만날 테니까요.

그렇기 때문에 슬픔의 한가운데 있을 때 가져야 할 마음의 자세는, 상황을 원망하고 자책하기보다는 불행 속에서 성장하며 인생의 부피를 늘려가기 위해 노력하는 것이겠지요. 단조로운 행복에 만족하기보다는 수많은 형태의 불행 속에서 행복을 찾아 나가는 방법을 배우면서요.

진정으로 행복하기 위해서,
삶의 모순 속에서 행복을 찾을 줄 아는 우리가 되길 바라요.

Life isn't about waiting for the storm to pass,

인생이란 폭풍우가 지나가기를 기다리는 것이 아니라

It's about learning to dance in the rain.

퍼붓는 빗속에서 춤추는 법을 배우는 것이다.

— Vivian Greene

지금은 나를 위해서만
단단한 나로 살아가는 소중한 일상 챙김

초판 1쇄 발행 2022년 1월 25일
초판 2쇄 발행 2022년 2월 15일

지은이 · 오디너리스쿨

펴낸이 · 최현선
기　획 · 손은혜
편　집 · 김현경
마케팅 · 김하늘
디자인 · 霖design 김희림
제　작 · 제이오

펴낸곳 · 오도스 | 출판등록 · 2019년 7월 5일 (제2019-000015호)
주　소 · 경기도 시흥시 배곧4로 32-28, 206호(그랜드프라자)
전　화 · 070-7818-4108 | 팩스 · 031-624-3108
이메일 · odospub@daum.net

ISBN 979-11-91552-07-2 (03810)

odos 마음을 살리는 책의 길, **오도스**